針子の乙女 2

HARI KO NO OTOME

「はりこのおとめ」

Zeroki Presents
Illustrated by Miho Takeoka

著＝ゼロキ

Illustration
竹岡美穂

Contents

Character

メインキャラクター

ヌィール・ユイ
現代日本から転生した少女。精霊が見える魔眼持ちで国宝級の針子の腕を持っているが、実家では能無しと蔑まれていた。ロダンやアージットと出会ったことで人生が一変する。

ロメストメトロ・アージット
ロメストメトロ王国の前国王。ユイの能力の高さを理解し、彼女を周囲から守るために婚約を申し込んだ。

カロスティーラ家

カロスティーラ・ロダン
王宮に勤める文官で二等級貴族。ユイの作品に惚れ込み、彼女を針子として引き取った。またアージットに引き合わせた張本人。

エンデリア
ロダンに仕えるメイド長。おっとりしているが怒らせると怖い、みんなのお姉さん的存在。猫の着ぐるみを着た闇精霊を連れている。

ルゥルゥーゥ・ルルー
ロダンに仕えるメイド兼看護師。医師の資格も持っており、体の弱いユイの体調管理を任されている。

カミオカ・センリ
ロダンに仕えるメイド。普通の村娘に見えるが、巨人族と見紛う程の怪力を持つ。そばかすがチャームポイント。

リーヌ
カロスティーラ家に仕える針子の老女。ロダンに引き取られたユイの上司となる。

アージットの付き人兼ユイの守護者

メネス・ストール
軍の総顧問であるメネス家の一人娘で、現在はアージットの護衛を勤めている。ユイの加護縫いによって『鎧の精霊』の守護を得た。ロダンとは学生時代からの付き合いで、恋人同士。

ミマチ
アージットに仕えるメイド。明るい性格でムードメーカー。可愛らしい少女が大好きで、隙あらばユイのことを可愛がろうとしてくる危険人物。

王家

ロメストメトロ・アムナート

アージットの息子で現ロメストメトロ国王。

ハーニァとは恋仲であり、夜会の場で正式に婚約を発表した。緑の高位精霊の守護持ち。

ロメストメトロの貴族たち

フルク・ハーニア

染め付けの技術貴族フルク家の長女。

炎の高位精霊に守護されており、攻撃は炎の拳。超一流の格闘家。

ミシュートゥ・トルアミア

一等級貴族で軍の魔術顧問を務める魔法使い。ロダンやストール、アムナートとは学生時代からの付き合い。

ヌィール・メイリア

ユイの妹。幼い頃は臆病な性格でユイのことを慕っていたが、現在は親の影響でユイのことを見下すような高慢な性格になってしまっている。

精霊たち

国布守様

アリアドネとヌィール家始祖によって生み出された、ロメストメトロ王国を守護する精霊。前王妃レストラーナの呪いに蝕まれている。

アリアドネ

初代ヌィール家当主と契約した蜘蛛の魔物。契約者や初代国王らと精霊を守り共存するための国を作った。元は日本からの転生者。ユイの蜘蛛が聖獣化して、魔物としての生から解放されるのを望んでいる。

紫王子

ユイを守護する闇属性の精霊。精霊には珍しい男性体。

月水精霊

ユイを守護するうさ耳をつけた精霊。月と水の守護を与えている。

樹木精霊

ユイを守護する頭部に花冠のある精霊。実はユイが初めて精霊治療した精霊。

その他

レストラーナ

アージットの二番目の妃。嫉妬深い性格から国布守を呪ってしまい、離縁。国外追放で出身国に返された。その呪いは今も国布守を害し続けている。

これまでのあらすじ

日本で生まれ育った紬《つむぎ》は、ヌィール・ユイという異世界の少女として転生した。赤子の頃から精霊《せいれい》や魔力を見ることができたユイは、彼らを遊び相手に魔力の扱いを覚えていった。

ユイが一〇歳になった時、両親から一匹の蜘蛛《くも》を与えられた。ヌィール家は代々、蜘蛛の糸に魔力を込めて服を縫う「加護縫《かごぬ》い」を生業とする家系だった。

前世の頃から手芸を趣味にしていたユイは誰よりも素早く美しい服を縫うことができたが、加護縫いのことを知らず普通の糸で縫っていたために家族から無能だと蔑まれ虐待を受ける。

しかし一五歳のある日、カロスティーラ・ロダンという二等級貴族に引き取られ、彼の下で働き始める。それまでとは違い暖かく自分を迎え入れてくれたロダンに恩返しをしようと思い立ったユイは、今まで誰にも見せなかった加護縫いを使って匂い袋を制作する。匂い袋を受け取ったロダンは、施された加護縫いがヌィール家の始祖《しそ》と同レベルのものであると気づき、ある人物をユイに引き合わせる。

それは前国王、ロメストメトロ・アージットだった。

これまでのあらすじ

精霊と自在に心を通わせ加護縫いをするユイを見て、アージットはその能力の高さと危険性に気付く。

いつかヌィール家がユイを捕らえ悪用しようとするかもしれない。そう考えたアージットは彼女を守るため自分の婚約者とし、ヌィール家当主の座を引き継がせることを決める。当初は困惑していたユイも事情を理解し、婚約を受け入れることに。

婚約発表のため王宮で行われる夜会に参加したユイはそこで、国布守様《こくふもり》と呼ばれる精霊に出会う。国を守る大精霊の彼女は、嫉妬《しっと》深《ぶか》いアージットの前妻によって呪われ、右腕が焼《や》け爛《ただ》れていた。放っておけばいずれは国全体に呪いの影響が出始めるかもしれない。

国布守様を救いたいと思ったユイは始祖が使役した蜘蛛の魔物との契約を行うのだが……なんと蜘蛛の魔物アリアドネは、ユイと同じ日本からの転生者だった。さらにアリアドネは国布守様を作った存在であり、完全に浄化するには呪われた腕を切り離すための風属性の切断武器が必要だと教えてくれる。

そうして無事ヌィール家当主となったユイはアージットと共に、国布守様を救うべく動き出すのだった。

第一章

季節の変わり目

さて、私はこの世界に転生してから、四季を意識したことがあっただろうか？

少なくとも、ヌィール家周辺で、季節の移り変わりを感じたことはなかった。

なんとなく涼しいと感じるくらいの気候だったような気がする。といってもヌィール家にいたころは外に出ることもあんまりなかったけどね。

前世でも、日本には四季があったけれど、海外だと常夏《とこなつ》の島とかもあったので、勝手にこの世界には季節の移り変わりがないのかな？　と思っていた。

しかしどうやら、この世界での『春』『夏』『秋』『冬』という概念は、元の世界と少し扱われ方が違うようだった。


王宮での戦いの翌日、私はロダン様から、アージット様といっしょに引っ越すことになったと聞かされた。

ロダン様の屋敷周辺の土地は、これから夏を迎えるらしい。

それが私が引っ越しする一番の理由だと、ロダン様直々に説明してくれた。

一年は十二ヶ月、週は七日、時計の読み方も前世と同じだ。『異世界なのに、同じ』なのは、アリアさんの言っていた世界を作った地球人の影響だろう。

でも四季と月の関係は全く違った。

第一章　季節の変わり目

「夏」

「あぁ、ヌィール家周辺の土地は、気候の変化がほとんどなかったから知らないか？　とにかくすごく温度が上がって暑くなることを、夏になると言うんだ」

「夏になる」

いやいや、『夏』になる？　前世と同じ単語に目が丸くなってしまう。

「土地の温度環境を表す単語の一つだ。ヌィール家周辺はだいたい秋の土地だな、この辺りは春から夏が中心の土地なんだ」

「秋、春？」

「それらは少し区別が難しいな、空気がやや冷たいが適温なのが秋。空気が仄《ほの》かに暖かい適温が春だ」

ええ？　ヌィール家とロダン様の屋敷は馬車で数日の距離。

地図を見ても、前世感覚だと隣の県なのに。

ヌィール家周辺よりも暖かい土地だなとは思っていたが、『季節が違う』とは想像もしなかった。

ちなみにロダン様の屋敷と王宮は、馬車で数時間、同じ県の都会と田舎《いなか》な感覚である。

「夏の反対で、すごく寒い土地や寒くなる場合は冬と言う」

「春夏、秋冬」

「それでな、医者が言うには、ユイの体に夏の気候は毒らしい。ユイの守護精霊《しゅごせいれい》達も、闇の精霊は別格だが他に高位精霊はいないし、皆春冬の方が相性がいい。逆に相性の悪い季節の場所にいると精霊達の力が落ちるから、気分が悪くなったり、酷《ひど》い時には病気になったりすることもある。アージット様がそうだったから、ユイも同じように体調を崩しかねない。それで夏の間は、この土地を離れたほうがいい、とのことだ」

ロダン様の屋敷や王宮周辺は、半年は春、もう半年は夏の土地だという。

前世感覚で言うとすごく変な感じのする温度変化は、土地に発生する精霊達や魔力や、その他諸々のせいらしい。だから馬車で数日の場所だったとしても、季節の移り変わりは全然変わってくるそうだ。

そして高位精霊に守護されている者は、あまり温度変化の影響は受けないらしい。逆に守護精霊が低位精霊だと、土地の季節との相性が悪くなった途端に体調を崩してしまうらしい。

アージット様も以前、守護精霊達が国布守《こくふもり》様のために力を使ってくれたせいで低位精霊になってしまい、夏の環境に耐えられなくなって死にかけたそうだ。

つまりアージット様は夏がダメな体質だった。そして私もアージット様と同じ体質だと診断された。

「そんなわけで、ユイには少し早いが、アージット様との婚姻後《こんいんご》に住む予定の場所に行ってもらう」

あ、そっか、私アージット様と結婚したら、ロダン様の屋敷からは出ていくのか……ちょっと寂《さび》しいな。

という思いが顔に現れていたのか、屋敷の皆から春の時なら好きに遊びに来ていいと言ってもらえた。

半年後、夏が終わって春になったら、アージット様と私、アムナート様とハーニァ様の結婚式を挙げる。そしたら呪いとの決戦だ。

とりあえず嫁入りしてロダン様の屋敷から出ていくことは、意識の端に寄せといた。

引っ越し先は迷宮のある、メネスメトロという都市。ストールさんの実家の領地らしい。ロダン様の領地とは逆で、半年間ある春はほとんど同時期なのだが、残りの半年は冬になるそうだ。

他にもいくつか引っ越し先の候補があったのだが、その中でメネスメトロが選ばれた理由はいくつかある。

もちろん一つは季節の問題。私やアージット様と相性のいい冬の気候であること。

それから二つ目に、メネスメトロは風系統の迷宮都市《めいきゅうとし》として有名だということだ。

というのも、風系統の迷宮はとても少なくて、国内には二ヶ所しかない。もう一ヶ所は山頂迷宮という名前の通り山の頂上にあって、ロダン様の屋敷からはとても遠いし、長期滞在も難しい。

国布守様の呪われた腕を一度切断して治すために、強力な切断武器と風の高位精霊の力が必要になる。けれど今手を貸してくれる人の中には、残念ながら魔剣持ちも風精霊さんの守護を受けている人もいない。

今国内の冒険者で協力を得られる人がいないか探してもらっているらしいけれど、アージット様達の修行も兼ねて迷宮産武器や風精霊さんを探すために迷宮探索をするのだそうだ。

最後に、メネスメトロは引退なされた王の隠居地のひとつでもある。

隠居屋敷もあるそうだけど、今回引っ越すのは別のところ。

迷宮に近い所に、メネス家の隠してない隠れ家があって、私達はそこで半年暮らすそうだ。

第一章　季節の変わり目

半年。

アージット様達が呪いと戦うための修行と、切断系の迷宮産武器を得るため。

風の高位精霊を見つけるため。

あるいはそういった武器を持っている冒険者、風の高位精霊の加護を得ている冒険者を見つけて協力を得るため、迷宮近くに拠点を構えることになったのだ。

第二章

引っ越し

そんなわけで、あの夜会から二日後、ロダン様の家で皆さんに別れを惜しまれながらも婚姻《こんいん》を祝福され、旅立つことになった。

今世で初めての、親しくなった人達との別れに、つい号泣してしまった。

こんなに泣くのは、久しぶりだった。

生まれ変わってすぐの、まだ私が赤ちゃんだった頃。前世の友人達や決まっていた職場のこととか、残してきてしまった色々なことを思い出して、我慢《がまん》できずに沢山泣いてしまった時以来だ。

それに今頃になって、そういえば先生にお別れできてなかったな、と連鎖的に思い出してしまった。ヌィール家で私の面倒を見てくれた家庭教師の先生。今思えば彼女はこの世界で初めて親しくなった人だった。

先生とは、私が能無しとして隔離された時がそのまま別れになってしまった。あの時は唐突で実感が何も湧《わ》かないまま奴隷《どれい》のような生活に突入したから、悲しむタイミングを逃していた。

後から、私へのあまりの扱いに我慢できず抗議して、クビになったらしいと聞いた。

だからむしろ、あの家と縁が切れてよかったね、先生！　とほっとしてたもの。

先生に対しても寂《さび》しい、悲しいという思いはあったんだなぁと、さらに涙が出てきて

しまった。

「ユイ、大丈夫か？」

迎えに来てくれたアージット様は、泣いている私を抱き上げて苦笑した。

「すまんな、お前を親しい場所から連れ去ることになって」

「だい、じょうぶ、また会える、でしょう？」

「そうだな」

元々私の体の弱さのため、遅かれ早かれ夏の間は別の季節の土地に預けられる予定もあったらしいし。

アージット様が謝ることなどないのだ。

それでもアージット様は、済まなそうに優しく頭を撫《な》でてくれたのだった。

気持ち的には寂しかったけど、でも旅路《たびじ》はヌィール家からロダン様の屋敷に来た時とは、比べようもなく楽だった。

ヌィール家周辺の土地って、あまり整備とかされてなかったみたいで、馬車に乗っている間の振動がすごかった。

それに家を追い出される直前まで仕事を詰め込まれ、寝不足と空腹、初めての馬車なのに悪路ということで、ほとんど気絶しているような状態だったのだと思う。

何日かかったか記憶がない。

実質一日半程度の道のりだったらしい。元はそこまで悪路ではなかったが、ヌィール家先代当主からの怠惰《たいだ》のせいで整備がまったくされなくなり、あの周辺は色々と廃《すた》れてしまったとのこと。

後、馬車も型落ち品だったらしい。

アージット様自ら用意した馬車は、見かけはシンプルだが性能は一級品で、どんな道でもほとんど振動がなく、編み物をしていても酔わないと保証された。

重量も大きさのわりに従来《じゅうらい》の物よりも軽く、頑丈《がんじょう》。

どれくらいかと言うと、サイズは裕福《ゆうふく》な商人が使用する四頭引きの馬車と同じなのに、二頭で軽々引けてしまうのだ。

御者《ぎょしゃ》のゴゴールさんは凄《すご》く興奮して、しばらく「うおぉぉおっ！」と叫んで悶《もだ》えていた。

なんか前世でいう……車好きな人が、憧れの車を好きに乗り回していいよと、差し出されたかのような雰囲気《ふんいき》だった。

私が見ても、外見は普通の商家が使っているような馬車にしか見えなかったのだが。

私達の新しい拠点は、そのアージット様の馬車で三日ほどかかった。
ロダン様の屋敷はこれから初夏、といった気候だったのだが、二日ほど進んだ頃には
ちょっと肌寒くなり、木々の葉は段々と赤色に染まっていった。
本当に夏をすっ飛ばしてしまった感覚だったよ？
ちなみにヌィール家からロダン様の屋敷に運ばれた時とは違い、ちゃんと夜には宿屋
に泊まった。
私の容姿は晒《さら》さないように、ツバの広い帽子《ぼうし》にレースを付けた物を身に付けて。
前に町へ布を買いに行った頃は、まだ成長期がきていなかった。身綺麗《みぎれい》にはなっても
まだまだ貧相な子供だったから普通に買い物もできたが……今の容姿では、一人で出歩
くのは禁止されている。
うん。変態ロリコンホイホイだものね。
そういえば初めてこの世界の宿に泊まったのだけど、宿のご飯が美味《おい》しかった！　モ
ツの煮込みとか！　うどん？　ホウトウ？　っぽいのとか！
懐《なつ》かしい、でもこの世界では初めての和食風の食事だった！
あと、卵かけご飯！　経由《けいゆ》した町のひとつに卵を生食《なましょく》しているところがあって、今
世で初めて生卵を食べた。

前世でも友人達と話している時に、卵かけご飯の話題になって……それまで食べたことなかったから、帰ってこっそりやってみて、凄く……むしろ両親と一緒じゃない時の、ご飯の美味しさに感涙《かんるい》した記憶が蘇《よみがえ》ったわ。

もちろん初めて口にする味も、色々あった。

何の肉か分からないけど、角煮のようなとろける肉と芋の煮付けとかね！

後で聞いたら、肉は肉でも魚肉だと教えられて驚いたよ！　だってめっちゃ角煮だった！　しかもさっと茹《ゆ》でるだけでいいとか、むしろ茹ですぎると溶けてしまうので、そっちの加減が難しい料理だとか！

近くに結構大きな湖があったので、そこで獲れた魚だったらしい。

これまで、今世でのご飯は洋食っぽいものが中心だったから、旅路での和食というか居酒屋メニュー？　は、前世の友人のお母さんが作ってくれた夕飯みたいな、理想のあったかいお母さんの味がした。

いや、前世の親とのご飯は、基本苦痛だったから、あまり母の料理の味、覚えてないんだけどねぇ。

父はいつも文句を零《こぼ》していたが、父の言いなりだった母がそれでも改善できなかったのだから、前世の母の料理の腕はお察しというやつだったのだろう。

とにかく、アリアさんが料理したい！　味わいたい！　と、なるのがよく分かった。

アリアさんのケーキ治療？　をうけて帰ってから、どうやら自分が軽く味覚障害をおこしていたことに気づいた。

屋敷のご飯、引き取られてからすごく美味しく食べてたけど、感じてたより数倍美味しかったのだ。

まともなものを全然食べていなかったし、ヌィール家での食事がつらくて、精神的にまいっていたことも大きかった。

精霊《せいれい》さんが意図的に力を浸《ひた》してくれた飲食物をとっていてもなおギリギリの衰弱っぷりだったからなぁと、お医者様が診断してくれた。

そのこともあって、道中は美味しい物巡りがメインになっていた。

寄り道とかも結構してくれていたのかもしれない。

その土地でしか収穫できないフルーツとか野菜とか、結構あったしね。

旅行に行った気分になれて面白かった。


そうして予定通り、出発から三日たってメネスメトロの町についた。

アージット様が用意してくれた馬車じゃなければ、こんなに早くは着かないとゴゴールさんは言ってた。アージット様は、「いや、いくらこの馬車でも、早く着きすぎのような？」と、首を傾げていた。

たぶん原因はゴゴールさんじゃないかな？　と、こっそり思っている。ゴゴールさんが操っている馬車は、馬の足やら馬車の車輪やらに時々精霊が群がるんだよね……精霊達が力を使っている感じはしないんだけど。

更に言うと、ゴゴールさんは特徴的な話し方で怪力のメイドさんのセンリさんと一緒で、あのロダン様の屋敷の人達の中で、精霊に好かれているのに守護する精霊がこなかった数少ない一人である。

なんかセンリさんが怪力を使っている時に、その力にスリスリするように寄ってくる精霊達と似た反応だったから、ゴゴールさんが馬車を操ると、何らかの力が働いているのかもしれない。

メネスメトロは王宮近くの都市と同じくらい栄えていて、人も建物も多い。

というのもここは迷宮都市《めいきゅうとし》であると同時に、国内有数の温泉地でもあった。

国外からも観光客がやってくるため、ほとんどの建物が宿屋らしい。

鋭角な屋根の建物が特徴的で、大雪が降った時に潰されないための対策だと教えてもらった。また主要な道路の脇には、雪を解かすために湯気《ゆげ》の立ち上る細い用水路が備え

られている。

そんな中でも、迷宮に近い住宅地に、私達の家――メネス家の隠れ家はあった。

「おぉ！」

なぜか分からないが円柱の形をしている。

何か、古いお城の塔を切り取って置きました、数十年ほど前に……と言われたら信じてしまいそうな見た目。

周辺は普通に四角い家に尖《とんが》り帽子の屋根なので、目立つ。

肌寒いとはいえまだ秋に近い気候だから、赤や黄色に色づいた蔦《つた》植物が、岩レンガの大半に根付いている。

灰色の無骨《ぶこつ》さがそれで和らいでいる、そんな不思議な建物だった。

「確かに、隠れてない、隠れ家……」

私の呟《つぶや》きに、そう教えてくれたミマチさんは吹き出して笑い、ストールさんは否定できなくてうなだれた。

一応、領主の隠れ家だとはバレてないらしい。

利用する領主が代々、貴族っぽさが皆無で、生粋《きっすい》の冒険者にしか見えないから。

◆

メネスメトロの迷宮でアージット様達が修行と探索をしている間、私は基本お留守番予定である。

お留守番といってもやることはいっぱいある。

まず半年後の結婚式の衣装作り。呪いの魔物と戦う人達の防具も私が作らなければいけない。それに呪いに犯された国布守《こくふもり》様の右腕を癒すための浄化の手袋は一つだけでは足りないだろうから、作れるだけ作らないと。そう考えると実は休んでいる暇は全然ない。

戦うメンバーは、アージット様とストールさんミマチさん。アムナート王様とハーニァ様も高位精霊守護持ちで、呪いに有効な炎の浄化能力があるので、危険だけど参加してもらわなければならない。

だからより防御力の高い装備を、私は加護縫《かごぬ》いしなければならない。

どんなに手が早い私でも、加護縫いの経験値はまだまだなので、できる限り数をこなす予定。国布守様の浄化手袋も、量産予定。

更には、少し運動もして、体力をつける。これが主な私の予定だった。

国布守様は国を守護している精霊さんだから、彼女が呪われている状態は国にも影響する。

今問題になっていないのは、アージット様の小さな守護精霊《しゅごせいれい》さん達のおかげだ。

「この子達が、自らの力の大半を削って、呪いの影響が出ないようにしてくれたんだ」

アージット様が、彼の小さな守護精霊さん達を見つめながら教えてくれた。

この子達も、元は高位精霊さんから中位精霊さんだったらしい。

こんな生まれたてに近い状態になるまで、自ら力を使ってくれたなんて、アージット様はこの子達に凄く好かれているのだなぁと、感心した。


他にもアージット様の呼びかけで戦いに手を貸してくれる人たちがいる。例えば魔術師ミシュートゥ・トルアミアさん。アリアさんの迷宮が広がらないように魔法で対抗したすごい人だ。

ロダン様やストールさんとは学生時代からの付き合いで、今は軍の魔術顧問をしている一級貴族。

彼は仕事の一時的な引き継ぎを終えたら合流するらしい。

そしてロダン様の所のメイド長、エンデリアさん。

先に拠点に着いていて、料理人のミジットさんと生活環境を整えていたのだけど、それだけではなくて、戦闘メンバーにも入っていると教えられて驚いた。

メイド長のエンデリアさんは初めて会った時から高位の闇属性守護精霊持ちで、精霊さんの気配だけは知ってたけど姿はロダン様の屋敷では見たことなかったと思っていたら、エンデリアさんの影と同化していた。

よく考えたら、私も紫王子《むらさきおうじ》な守護精霊さんはほとんど影に潜んでいた。闇属性の守護精霊さんの性質らしい。

あれ？　そういえば……紫王子、剣で加護縫いを分解したよね？

呪いも分解できる？

ふとそんなことを考えて紫王子を見てみたら、両手でバツを作った。

できるけど、できない……という意識が伝わってくる。

あ、国布守様も分解してしまう？

頷《うなず》かれてしまった。

ナニソレ、怖い。

あっれぇ？

紫王子、サイズ的には三頭身だし、気配も中位に近い下位精霊さんのはずなんだけど……。

ぶ、分解、できちゃうの？

男の子な精霊さん、珍しい、いや正直紫王子しか見たことないし、アリアさんが寝る前に聞いておけば良かったよ……ひょっとしてこの子、特別な精霊さんなのでは？

……とにかく、エンデリアさんも元王宮勤めの警護メイドさんだったので、凄く強いらしい。

ちょっと謎に気付きつつ、今決まっているメンバーはこれだけ。

アージット様。

ストールさんにミマチさん。

アムナート様にハーニァ様。

トルアミアさんとエンデリアさん。

それからあんまりよく知らないけれど、前回の戦闘にいたメンバーだと、騎士団長と老執事さん。

めちゃくちゃ強いらしいハーニァ様のお兄さんも駆けつけてくれるという。

戦闘場所の広さ的に、増やせてもあと数人。

それぞれに修行しながら、半年後に備える。

同時に、切断属性の魔剣の持ち主や、守護精霊持ちも探す。

もちろん私達だけではなくて、国単位で探している……が。

風属性の守護精霊持ちも、魔剣の持ち主も、属性的に地位や名誉では縛れない。

むしろ逃げる。

だから、報酬は私の用意する加護縫い装備になるらしい。

◆

メネス家の隠れ家に着いたら、まずストールさんに地下へと案内された。

荷物の片付けなどは御者のゴゴールさんや獣人のミジットさんがやってくれるらしい。

アージット様も「楽しんでくるといい」と言ってきた。

「たの、しむ？」

何を？

「とっておきのものがあるのです。きっとユイ様にも気に入っていただけると思います」

ストールさんについて石作りの階段を下りていくと、なんと脱衣所があった。簡素な作りだがそこそこ広い。

「この先が、この家最大の売り、地下温泉です」

「あ、あっれぇ？　ストールちゃん、何で私の顔面わし掴《づか》み？　私ユイ様専属メイドとして、これから最大メインのお仕事なんだけど？」

「ミマチ、それはメイド長エンデリアさんが代わってくれるから安心しろ」

ストールさんがミマチさんを拘束して一旦脱衣場を出ていく。

「アージット様の用意してくださった馬車ですから、それほどユイ様の負担にはならなかったでしょうが、それでも疲労はしているでしょう？　今日の所は温泉に入って夕飯を食べ、ゆっくり休んでくださいね」

いつもの光景を見送っていると、エンデリアさんが着替えの入った籠《かご》を持って入れ違いに入って来て言った。

続いてセンリさんが脱衣所のドアを押さえる。センリさんはロダン様に仕えているメイドさんで、礼儀正しいし庶民の出ということもあってすぐに仲良くなれた。今回は私のお世話係として、一時的にロダン様のところから借り出して一緒についてきてもらっていた。

センリさんは普通の人族なのに誰よりも力持ちなのだ。大抵の錠《じょう》を鍵なしでこじ開けられるミマチさんですら、センリさんには敵わないらしい。

そんないつもの警戒態勢の中、エンデリアさんが、私の服をささっと脱がせて湯浴《ゆあ》み着《ぎ》を着せてくれる。

本当は一人でも着替えられるのだが、ミマチさんが危険だからと、周りの人達が素早く着付けてくれるような今の態勢になったのだ。

そして、同時に湯浴み着に着替えていた看護師のルゥルゥーゥさんが、私が滑って転んだりしないよう、温泉へと手を引いて案内してくれた。

鍾乳洞《しょうにゅうどう》のような空間で、辺りは暖かな湯気に包まれていた。

「温泉」

そこは、別世界だった。

蛍袋《ほたるぶくろ》のような花が、壁？　の至る所から生えていて、仄《ほの》かに白く光って……とても幻想的だった。

「きれい」

地下洞窟温泉！

「ユイ様、ここは迷宮の影響を受けた空間なんですよ」

「あれ、ストールさん!?」

どれくらい見とれていたのだろう？　声をかけられて振り返ると、いつもはミマチさんを締め上げ拘束するため一緒にはお風呂に入らない彼女がそこにいた。

しかも鎧《よろい》じゃない。

みんなと同じ湯浴み着を着ている。

久しぶりに見た中身！

やっぱりスタイルが、凄い。

この世界の湯浴み着は、濡《ぬ》れても肌に張り付かないし、さらりとしている不思議な布だ。

水の抵抗も受けないので、水着に最適かもしれない布だが、非常に薄い。そのため濡れてなくても肌が透ける。

そんな湯浴み着をスタイル抜群《ばつぐん》のストールさんが着ている。

直接見なくてもサイズ判定できるけど、実際見ると大迫力だ。

あんなに大きいのに、鍛えているからか形の美しさも備えている。

私が指摘するまで、潰して押さえ込んでいたとは思えない。

でもストールさんが警戒を解いているということは……ミマチさんは大丈夫なのか

な？　と、尋ねる前に、哀れな声が響いた。

「ふぁぁああん、エンデリア様ぁ！　精霊さんに目隠しさせないでくださいよぉ！　何も！　見えない！」

頭に紫色の大きな猫を乗せたミマチさんがそう言いながら、よろよろと、両手を振り回して歩いてきた。

エンデリアさんの守護精霊、高位の闇精霊さんだ。

姿形は女の子じゃなく、まんま本物の猫。実際は完全着ぐるみのようなもので、中には成人女性サイズの闇精霊さんがどういう原理かは謎だが入っているらしい。猫状態だと、大きいと言っても私の胴体部分くらいなのだが。

しかし、猫として見るなら大きい。

ミマチさんの頭にかじりついて、ミマチさんの顔をほとんど覆ってダラーンとぶら下がっている。

その尻尾《しっぽ》は、エンデリアさんの魔力と繋《つな》がっている。そのため魔力がほぼ物質化していて、モフモフの体がミマチさんの視界を覆っている。だからミマチさんは嘆《なげ》いているというわけだ。

そしてミマチさんの後ろから、エンデリアさんも入ってきた。

一緒にお風呂が初めての方が、ストールさんに続いて、二人目である。

あ、よく考えたらミマチさんもだ！　よく乱入してこようとして、ストールさんやエンデリアさんに撃退されてたものね。

うわぁ、メイド長……エンデリアさん、普段のメイド服でも色気が溢《あふ》れているのに、湯浴み着という薄布一枚は暴力です！

ちなみにミマチさんも湯浴み着姿は初めて見たが、別に驚きはない。

エンデリアさん、なんでかな？　ストールさんとほぼ同サイズの胸部装甲《きょうぶそうこう》がなぜか一回り大きく感じる。

私の冷静な部分は、ちゃんとサイズ判定できているはずなのに。

……もちろん型くずれなどしていない。

続いて入って来たセンリさんが、虚無《きょむ》の表情で胸を押さえていた。

うん。比べちゃいけないけど、比べちゃうよね？

あ、ミマチさんが斜め前にいるから、エンデリアさんと対比してより大きく見えたのかも。

それにエンデリアさんは、スタイルだけじゃなくて、魔力の扱いもとても凄い。

エンデリアさんは、普段は全く魔力を零さない人だった。

ちゃんと意識して魔力を操作しない限り、普通なら何もしていない時でも自然と体から零れていくものなのに。

　世の中には病気で魔力を体の外に出せない人もいるけど、それとは違う。

　多分、私の次に、魔力操作が上手《うま》い。

　だって魔力が、精霊さんの尻尾と同化している。綿飴《わたあめ》みたいに空気に溶けていない。

　魔力の線の太さも、魔術師さん……トルアミアさん？　より、細い。

　トルアミアさんは、大人の男の腕くらいの太さで維持していたけど、エンデリアさんは幼い女の子の腕くらいの太さ、闇猫の尻尾と同じ太さだ。

　闇精霊さんも尻尾を伸ばして絡めているので、あまり負担でもなさそうだし。

　ふらふら歩いているミマチさんを見ていると、エンデリアさんがにっこり微笑んで囁いてくれた。

「見えなくとも、土精霊の助けで動きに問題はないでしょう」

　ふらふら歩くミマチさんを見たら、体の表面にうっすら魔力がにじみ出ている。身体強化系に魔力を使う人の特徴だ。

　そういえば以前の戦いで柱を作ってたけど、本来あんなに沢山作り出せるほどの魔力は、体から出せないタイプのはずなのだ。一体どうやっていたのだろうとちょっとだけ

疑問に思っていた。

「助け？」

私の言葉少ない疑問に、ストールさんが答えてくれた。

「ミマチは種族特性で、素肌で土や岩に触れれば、わずかな魔力で土精霊の協力が得られるんですよ」

「種族、特性？」

「陸人族は、土精霊との親和性が産まれつき高いんです」

ストールさんが私の手を取って、ミマチさんの進行方向から外れる。

「周りが土や岩なら、土や岩の柱を作り出したり、どこに誰がいるか把握したりするくらいは簡単なんです。迷宮の壁や床に貫通するほどの穴を開けるとかはできませんけど」

ストールさんにリードされて、くるんくるんと踊るかのようにミマチさんの手から逃れる。

本当にミマチさんは目が見えなくとも、位置を把握しているんだなぁと感じながら
……私は上手いリードのおかげで、ほとんど疲れもなく逃れ続けた。

気が付いたら楽しくて笑ってた。

「凄い！　わたし、踊って、る！」

「あ、ちょっと！　ストールちゃんずるい！」

「お前はいい加減にしろ！」

ストールさんにリードされて、クルリと世界が回ったと思ったら、ドゴーンという重い音が響いた。

私はルゥルゥーゥさんにいつの間にか抱きかかえられ、足を振り切ったストールさんがにっこり振り返るのを見た。

「あと、ミマチの種族は、やたらと頑丈で壁にめり込むくらいの攻撃を受けても怪《け》我《が》一つしません」

はい、それも見慣れました。

「ミマチ、壁は直しておきなさいね」

「ストールちゃんもエンデリア様も酷《ひど》い！」

あ、本当に平気そう。

見慣れても、やっぱり驚く光景である。

ダンスは貴族の一般常識として、幼児期に基本は習ったが……正直ほとんど忘れてい

た。

ストールさんのリードがなかったら、自分の足が絡んで転んでいただろう。

綺麗にくるくる踊れると、湯浴み着がドレスのように広がって綺麗だった。

踊る時に見栄えの良いドレスを考えるのは好きなのだが……。自分で踊れるようになるのは一体どれくらい先になるのか。

ちなみに私が着ている湯浴み着は自分で作った物で、一般的なものよりも布が多いのに、体を洗ってもらいやすいよう色々と工夫がされている。

従来の物は湯浴み着だというのに構造が普通の服とあまり変わらなくて、体を洗われるのが面倒だったのだ。

婚約が決まる前までは子供扱いで、裸だったけどね。

婚約が決まると、同性相手でもむやみに肌を晒《さら》さないんだって。

そういえばヌィール家では冷たい湯船に着ている服ごと、沈められてたっけ……。

ちなみに庶民は普通に裸でお風呂に入るらしい。

着替えとかではめっちゃ晒されるから、今更な気はするのだけどね。

貴族の無駄なこだわりだ。

それで今までは用意されていた湯浴み着を使っていたのだけれど、少しずつはだけて洗われ、着せ直され、またはだけては洗われて……って工程は、本当に面倒だった。

だから簡単に、胸元と腰を結ぶ構造にして、両脇にも大胆にスリットを入れて、洗われやすくした。

そしてあまり無防備に見えないように、たっぷりの布である。

この軽い湯浴み着用の布だから、できたことだが。

夜会で見た一般的なドレスは、たっぷりの布が重そうだったからなぁ。やっぱりある程度軽やかで動きを魅せられる物がいいよねぇ……。

そんなことを考えながらも、私はルゥルゥーゥさんに、桶《おけ》や椅子の用意された洗い場に運ばれた。

「直せって、ここ迷宮の一部だから、これくらいじゃひび割れもしませんよ！」

壁から出てきたミマチさんはストールさんを追いかけはじめた。

もちろんストールさんは華麗にそれを捌《さば》いていく。

「まだまだ未熟、鍛え直しね」

「重さの変化も感じとれないとねぇ」

そう言ったルゥルゥーゥさんは、いつもほわわんな雰囲気の青髪姉さんで、医者の資格も持つ看護師さん。私を一番お風呂に入れ慣れている人だ。

ロダン様の屋敷についた最初の頃と、成長痛でガタガタな時、いっぱいお世話になった。

実は、メイド長エンデリアさんより年上らしいけど、外見はセンリさんの二、三歳上のお姉さんって感じ。

癒《い》やし系可愛《かわい》い美人である。

彼女はエンデリアさんと笑いあって、私の髪を洗い出した。

体の方はエンデリアさんが洗ってくれた。

「ふぁァ」

二人がかりで、あっという間に泡モコにされた。

ロダン様の屋敷では時間が合わなくて、エンデリアさんと一緒のお風呂は初めてだが、誰よりも丁寧で素早く気持ち良かった。頭も体もとろけたみたいになってしまう。

「ぁァ」

床に足を着けないように、ルゥルゥーゥさんの膝の上で横抱きされたまま。

ルゥルゥーゥさんは髪を洗い上げると、エンデリアさんが洗った後を追いかけるようにマッサージしてくれた。

極楽である。

「これは、洗いやすくて良いですね」

この湯浴み着は本日初御披露目《おひろめ》だったのだ。荷物の中には入れていたけど、宿では宿専用の湯浴み着が用意されていたので。

エンデリアさんに誉められたので、テンションが上がる。

「みんなの、も、作る」

「フフ、ありがとうございます。でも、いくら手が早くとも今日はもうダメですよ」

やんわりルゥルゥーゥさんに止められてしまったが。

「？」

「ユイ様は、ちゃんと基礎体力をつけるため、私が泳ぎを教えることになります。泳ぎはあまり疲れを感じることなく全体的に鍛えていけますので。今日は様子を見るだけですが、移動疲れもありますからお風呂を済ませてご飯を食べたら寝落ちしますね、絶対」

うん。ご飯食べながら寝落ち、私よくするものね……。

私は現実逃避ぎみに地底湖《ちていこ》のような温泉を見て、のぼせてしまうのでは……と、不安に思った。

「あ、大丈夫ですよ、ここは手前の向かって右側は温度が高いですが、奥に行くと温度

が低くなっていきますから」

そしてエンデリアさんが、奥の柱を指差した。

この温泉にはとても大きな水晶の柱が立っているのだ。

幻想的でわくわくする。

「あの柱から先は、急に深くなっていますので近づかないように」

「えぇ」

思わず残念な声が出てしまう。

「まあ、近くで見たいですよねぇ」

「ルゥルゥーゥと一緒ならば、構いませんが」

「ルゥルゥーゥさんとなら？」

「ユイ様、ルゥルゥーゥは人魚族《にんぎょぞく》なので、水中最強種族ですから」

「メイド長、大丈夫ですよ～。ユイ様の守護精霊には水属性の子もいますから。ちなみに種族特性として、水属性の精霊なら感じとれます。他の属性も混じっている子のようですが、引き立てあうような属性なのかしら？」

暑さには弱そうだけど、この土地とは相性いいのかな？　強そうな気配になったねぇ～と呟いて、月水精霊《つきみずせいれい》のふよふよしている所を撫でるマネをルゥルゥーゥさんはしてみせた。

それにしても。

「人魚！」

人魚！　いるんですよね、この世界！

でも、こんな身近にいるとは思ってなかった。

前に見た文献《ぶんけん》では、珍しい種族三位。

この国の海辺にはたまにいるらしいとは書いてあった。

陸の種族と価値観がかなり違うので、めったに陸上生活はしないって書いてあったのに……。

そういえば皆さんの種族的なこと、詳しく聞いてなかったな。

そう思って、せっかくの機会だしと聞いてみた。

「陸では人と変わらないですけどねぇ」

確かに人魚族だというルゥルゥーゥさんは、どこからどう見ても普通の人族だ。

「種族的には、ミマチが陸人族の軽種。私が魔族《まぞく》ですね」

「魔族！」

エンデリアさん、魔族だったんだ！

あ、でも何かエンデリアさんが魔族って、しっくりくる……。

この世界の魔族の国では、凄い魔力を持つ剣が王様を決めるらしい。他の種族に比べて色々と能力が高く、おまけに男女共に凄く色っぽい美形が多い。元は別大陸の国だったのだけど、その大陸が沈んでしまい……国の土地ごとこの大陸に飛んできた、という伝説がある。

それなりに栄えている国なので、その国に行けば魔族は珍しくない種族だ。

ただ国民性として、あまり他国に出たがらない。旅行者ならともかく、他国で誰かに仕えて働いて生活しているのは珍しい。

でも人魚のルゥルゥーゥさんが医療系メイドとして仕えているのだから……魔族のエンデリアさんがメイド長をしていても不思議じゃないのかな？　王宮からロダン様の屋敷に引き抜かれた経緯は、他のメイド姉さん達が教えてくれた。

とはいってもみんなそこまで詳しくは知らないらしいけど……。

なんでもアホで粘着質な男に、つきまとわれたせいらしい。

それで困っていたところをロダン様が偶然見かけて助けたことがきっかけで、メイドとして働くようになったんだそう。

「……ユイ様、すごく納得なさってますね。まぁ慣れてますが」

「エンデリア様が普通の人族だったら、その方が驚きですよねぇ」

「女性メンバーで、平凡な庶民の人族は私だけですな」

……確かに見かけだけなら平凡な、庶民の色彩と容姿のセンリさんが笑う。

金に近い茶髪のそばかすがちょっと目立つ頬、黒に近い茶色の目はちょっと日本人っぽくて、私としてはすごく親しみ深い。

「センリは、確かに平凡な庶民の見た目、人族ですが……きっと巨人族《きょじんぞく》の先祖返りです」

すかさずエンデリアさんがツッコミを入れるように言った。

うん。さっき馬車から荷物を降ろしていた時も、御者のゴゴールさんと獣人のミジットさんの二人がかりで重そうに運んでいた木箱、一人で軽々運んでましたものね。

ちなみに、巨人族は珍しいを通り越して、幻の種族三位。

この世界にもドラゴンスレイヤーの伝説はいくつかあるけれど、そのほとんどが巨人族だそうだ。

「え？　ユイ様、何故《なぜ》納得？　我が家、先祖に巨人族なんていたら、子々孫々自慢してますぞ！　私本当に、平凡な庶民の人族なのですが！」

あの怪力を見た後では、説得力ないですもんねぇ……。

このやりとり、慣れているようだ。

センリさんの反論はルゥルゥーゥさんに、華麗にスルーされた。

「ふふふ。さぁ、ユイ様泳いでみましょうねぇ～」


人魚族は水中では最強と知られている種族だ。

温泉に浸かって、私の手を引きながら……ふわりと魔力を放出して、ルゥルゥーゥさんは変身した。

キラキラと青い鱗《うろこ》が輝く。髪も青みを増して艶めいて……何故か元の長さの倍は伸びていた。

鱗が宝石のようで、とても綺麗。

額と髪の生え際、首から腕、手の甲までを鱗が覆っている。

鎖骨《さこつ》から胸、へそ下辺りには鱗はないらしい。

種族辞典で勉強したよ！

女系の種族で、男性体はめったに産まれない。

陸上の人種族と子を作るけど、女は人魚族、男は父親と同じ種族として生まれることがほとんどだそうだ。

髪が水中なら自在に動かせて、水の中ならば切れないものなどないほどの武器になるのだとか。

「きれい」

「ふふ、ありがとうございます」

いやいや、本当に凄いことになっている。

少し薄暗かった空間が、今は青い。

ルゥルゥーゥさんを中心に、青い魔力光が空間を照らしている。

彼女の魔力に、水が共鳴しているのだ。

私の目には、彼女が精霊とすごく似た存在に見える。

ルゥルゥーゥさんに手を引かれて、泳ぐ。

泳ぐのは前世以来。

浮くことを知っている体は、変な緊張もなく流れに乗る。

まあ、水中でも息できるしね。

これはヌィール家でメイド達に『風呂に入れられた』時に気づいた。

私が扱っている服が汚れないようにと、四日に一度は水に沈められてたからね。

私に付いている精霊さんのうちの、白兎耳《しろうさみみ》の月水精霊さんのドレスの中には……足ではなく魚の尻尾がある。

どうやら月と水の属性持ちの精霊さんで、彼女のおかげで、私は水の中でも息ができるのだ。

気づくまでは息を止めたりしてつらかったけど、気づいてからは助けられた。

「ユイ様、泳ぎは大丈夫そうですねぇ」

「水中、息、できる」

「息ができても、泳げない水精霊の守護持ちもいるんですよ～、浮けないらしいです」

手を引かれて、水中に沈む。

その景色に思わず、息を呑《の》んでしまった。


あぁ、凄い。

水属性の精霊さんがいっぱい。

…………水の底、水晶の円柱の根元で、精霊さん達が次々に生まれ出てきていた。

◆

水中の光景に目を奪われながら、ルゥルゥーゥさんとゆっくり水底まで泳いでいく。
精霊さん達が生まれてくる場所。
それは、円柱の台座のようだった。
柱部分には『ゲート15・迷宮温泉』と、日本語で彫られていた。
水中だし水晶で出来ているので、近くに寄らなければ読めなかった。
それにしても。
日本語。
で、ある。
周囲では水の精霊が、ポコポコ生まれ……半数は楽しそうに水に戻っていた。
魔力が強い？　でも安定していない？
もしかして、ワープゲート？
いやいや、ゲームじゃあるまいし……。

私はこめかみを押さえた。

そういえばこの世界、ファンタジーでしたわあ……。


「なんでしょう？　精霊の気配が強ぃ？」

「えっ！　声？」

水中なのに、普通に聞こえて驚き、自分の声も普通に響いて、驚いた！

驚いた私に、ルゥルゥーゥさんがくすくす笑った。

「息ができることは知っていても、話せることは知らなかったのですね」

「水中、話した、こと、ない」

どうなっているんだ？　凄いな！　精霊の加護！

空気みたいに振動しているのかな？

「ユイ様、水の精霊様、たくさんいますよねぇ？」

「……気配、分かる？」

「先程も言った通り、水の精霊様だけですけどね」

私は水晶の円柱に、もっと近づいてみた。

「境目の水晶柱と同じ水晶ですね、加工されているようですが」

「根元から、魔力、湧き出してる？」

「どうやら、ユイ様の魔力に反応しているようですね」

マジか。

「この温泉には、以前にも来たことがありましたが、こんな状態ははじめてです」

「なるほど」

……こんな現象がいつもあったら、先に説明しているか。

台座に立ってみると、目の前に魔力の球体とプレートが現れた。

「うわっ！　地図？」

「魔力が物質化してますね。迷宮内では時々ある現象です」

ルゥルゥーゥさんが球体に触れようとしたが、その手はするりと通り抜けてしまった。

1から20の数学が並んでいるプレートには、15だけ【迷宮温泉】という文字が刻まれている。

指でつついてみる。

魔力のプレートに指は沈まないで、板の感触を伝え……球体がくるりと回って、一部を光らせた。

よく見てみると、球体は地球儀のような物だった。

「ユイ様は触れるようですね」

「あ」

球体に映し出された地形はこの大陸のものだった。

ロメストメトロ国のメネスメトロ部分で、水の魔力の塊が光っていた。

プレートと地図は連動しているのだろう。

そしてゲートのある位置を示しているのだ。

「ここが、迷宮温泉」

王宮部分には、金色の魔力の塊がある。なんとなく、アリアさんの顔が浮かんだ。

この国の中で光っているのは二ヶ所、ここ迷宮温泉と王宮だけ。

魔力の塊は、球体の上に全部で……二一個あった。

プレートに書かれているよりも一個、多い。

あからさまに大きさの違う魔力塊が、ひとつ。大きなダイヤモンドのような魔力が、別の大陸の端で輝いていた。

そこに触れるとプレートの上部の余白に、文字が浮かんだ。

他の1から20は、どちらに触れても反応しなかった。

『ゲート0・神の座』

「見たことのない文字ですね」

日本語だものなぁ～。

「神の座って、書いて、ある」

その瞬間、頭の中で鈴の音が響いた。

《新規・転生者確認しました・神の座・転移登録・いたしますか？》

どこか電子音的な声が頭の中に響いたと同時、頭の中で何かが、繋がった。

何？

眉間《みけん》の奥がじんわりと熱く、痺《しび》れる。

嫌な感覚ではないが、不思議な感覚。

そんな私に気づかずにルゥルゥーゥさんが驚愕《きょうがく》の声を上げた。

「神の座！　神話大陸の伝説の場所ではないですか!?」

そしてルゥルゥーゥさんは、地図に食いつくかのように身を乗り出した。

が、何かに阻まれてしまう。

「あら？　何か魔力の圧力が……？」

「声、転移登録？　するかって、聞こえ、た？」

「……いえ、声が？　ま、待ってくださいな、ユイ様、こちらに」

私は差し伸べられた手をとった。

水晶の台座から離れると、地図もプレートも消える。同時に頭の中で繋がっていた何かも切れた。

「ユイ様、迷宮内でゲートの存在は珍しくありません。迷宮内部を行き来するくらいなら。ですがこれは……」

「これと似てる？」

「全くの別物です。神の座に行ける時点で、おそらく神の制作物……」

ルゥルゥーゥさんの眼差《まなざ》しがちょっと虚《うつ》ろになってしまう。

「ユイ様、登録は待ってくださいね。たぶんユイ様しか利用できません。もし転移登録？　で、神の座に行かれてしまうと、困ったことになるかもしれません」

「神話大陸？　伝説の場所だから？」

「神の座には、神が降臨するらしいのです。人や精霊は、神と会うだけで、パワーアップするらしいのです」

私は思わず肩の蜘蛛《くも》を見た。

精霊に似た形状となった、聖獣《せいじゅう》候補……だ。

「影響、この子にも出る？」

「出るでしょうね、一気に聖獣化する可能性が高いです」

あっぶなっ！

聖獣化したら、アリアさんは死んでしまうと言っていたのだ。

アリアさんがどうなっちゃうか分からない！

そしてアリアさんがいなくなってしまったら、前王妃の呪いとの戦いが、成立しないかもしれない。

そうしたら、国布守様を呪いから解放できないかもしれないのだ。

「ユイ様、もう湯船から出ましょう。先に出てみてください。私はこの水晶がどうなるか確認してから戻ります」


ザバッと、音をたてて温泉から立ち上がった。

「けほっ」

苦しくはないけれども、湯船の外に苦しそうにお湯を吐き出してしまう。

「だ！　大丈夫ですか？　ユイ様」

ストールさんが慌てて私の背を撫でて抱き上げながら、困惑していた。

「ユイ様、水の精霊の加護があるのでは？」

「違っ、これ、くせ」

水中でたっぷり飲んだり肺を満たしたりしたお湯の感覚はない。月水精霊がどうにかしてくれているのだろう。外に出ても、水分は空気のようになくなってしまう。けれど水から出る瞬間、苦しそうに吐き出す水分だけ口の中に残すのだ。

私自身、どういう理屈でそうなっているのか分からない。

でもヌィール家では、苦しそうにして見せなければならなかった。だからいつも精霊さんが調整してくれていたのだ。

「ヌィール家、メイド、私をいじめ、る、楽しんでた、から」

バキッと音が響いた。センリさんの手の中で桶が砕《くだ》けていた。

「……失礼いたしましたな。つい、力加減を」

「えっと、それで苦しそうにする癖《くせ》が？」

ストールさんの問いかけにうなずいた。

「それにあそこ、精霊傷つける存在、たぶんいると思って、た。精霊、の、守護が、知られる、ダメ」

「なるほど、さすがです。ですが、後で精霊に、もう苦しむふりはしなくてよくなったと伝えてみてくださいね」

とろけるような笑顔のメイド長、エンデリアさんに撫でられて、ちょっと照れた。

「ところで、ルゥルゥーゥは？」

「あ！　温泉、底、ゲート！」

振り返ると、ちょうど彼女が水中から立ち上がった所だった。

広がっていた魔力が、キュッと体内に収まって、水気を払って人魚から人間に変身したルゥルゥーゥさんの表情はとても強張《こわば》っていて、日頃のほんわかとした感じが失せていた。

第三章

ゲート

温泉から出て、ほんのり花の香りがする水を飲みながら、話を聞いた。

「幻想宝具《げんそうほうぐ》？」

「神の座に行けるゲートですからね」

ルゥルゥーゥさんが頷《うなず》いて、皆さんがため息をついた。

「幻想宝具って……」

確か神様が直接制作したという、道具類の名称。

一番有名な物では、今はなくなってしまった大陸の、帝国の王を決める選定剣《せんていけん》。

そう、魔族《まぞく》の国の剣である。

一番有名な物では、今はなくなってしまった大陸にあった、帝国の王を決める選定剣。

そう、エンデリアさんの出身国である、魔族の国の剣だ。

今はロメストメトロから北の方に行った険しい土地に魔族の国はある。幻想宝具を持ち魔力の扱いにも長けた魔族たちだが、大昔の過ちを反省して今は平和な国を作り上げているという。

選定剣に限らず幻想宝具は大抵の物が、自ら持ち主を決める能力があるという。神が作ったというだけあって、それぞれが人智を超えた物凄い力を持っている。

魔族を含め、現代では幻想宝具を取り合うような争いは起こっていない。取り合った

第三章　ゲート

ところで持ち主だと認められなければ意味がないとわかっているから。

だがまだ世界全体が不安定だったころの人は自分の国が戦争に勝つために、幻想宝具に選ばれた人間を味方につければいいと考えた。

そうして何度も争いが生まれ、魔族の帝国があった場所は大陸ごと消えてしまったのだそうだ。

そんな幻想宝具がまさかこんな温泉の地下にあったなんて。

「あのゲートですが、ユイ様が水中から出られたとたん見えなくなりましたし、触れることもできませんでした。認識障害系の力が働いてますねぇ」

「資格ある者しか使用できない系ですね」

エンデリアさんが呟《つぶや》く足元で、ミマチさんがまだ目隠しをされたままうなだれていた。

「……水晶の台座ってことは土系、温泉の中、安全チェックしたの私、せ、斥候のプライド、が……」

「幻想宝具に関することならば、仕方ありません。神の制作物ですからね」

「確かに、あれはすごいです。ユイ様は平気そうでしたが、力が渦巻《うずま》いてましたし……それを、目視していた者にしか認識させない時点で……エンデリアさんに気づかせなかったって所で、ちょっと私、今更に震えてます」

「え？　力？」

　ストールさんの顔色も、だんだん青くなってきたルゥルゥーゥさんにつられて、悪くなっていく。

「精霊《せいれい》がポコポコ生まれたり世界に溶けたりするくらいの力でした」

「まって!?　それっ！　竜脈水路《りゅうみゃくすいろ》並み！」

　ミマチさんが血を吐くかのように叫んだ。

「本当にエンデリア様も気づかないって！　認識障害のレベルどんだけ!?」

「とりあえずアージット様に報告をしましょう。資格ない者にはただの温泉ですし、ルゥルゥーゥ、台座が現れた時と消えている時の水は採取してありますね？」

　ルゥルゥーゥさんは掌《てのひら》を広げて、いくつかのビー玉のようなものを見せた。

「力が渦巻いている時、採取できたのがこの大きさでした」

「まって！　水中最強種族！　何も感じないんだけど!?」

「水球として維持できるギリギリの大きさですが……たぶん、ユイ様が持てば皆さんも認識できます」

　差し出されたそれを受け取った瞬間、ルゥルゥーゥさんとセンリさん以外が、急な重みを受けたみたいな反応をした。

息を呑《の》んで、圧迫感に耐えるように。

私には影響ないみたい。ルゥルゥーゥさんは元々影響を受けていたから、反応の変化はない。

そしてなぜか……。


センリさんは不自然なほどに冷や汗をかいていた。


皆さんの注目が集まる中、センリさんは震える手で挙手して言った。

「すみません。温泉入っている時に、不自然な声が聞こえましたな。転移登録しますか？　……みたいな」

私は目を丸くした。

「え？　センリさん、も」

転生者なの？

と、問いかけようとしたけれど、音が消えた。

「　　なの？」

わわ、何これ？

「ユイ様、ユイ様は　　　　　　　　なのですか!?　っ!?」

私とセンリさんは口を押さえた。

そして脳内に再び声が響いた。

《禁則事項・です》

なんでちょっと楽しそうなの？

私とセンリさんの資格は、消えた音の秒数から考えると違うもののようだった。

「禁則事項！　確かに当然ですな！　お待ちください。私、ただの人族！　ちょっと怪力なだけの！　…………巨人族《きょじんぞく》の血筋の方がまだ現実的！」

センリさんは床に突っ伏して、両手を床にたたきつけた。

ドゴンッと大きな音がして、地震のように揺れる。

ストールさんが慌てて私を抱き上げる。

床には大きな亀裂《きれつ》が……壁の方まで伸びていたが、それは少しして跡形もなく消えていった。

え？　なんか直るの早い？

「ここも、一応迷宮内ですから、迷宮の破損《はそん》は大抵自動的に直ってしまうのです。意外と大きい破損の方が早く修復されますね。ミマチが破壊した力よりセンリの力の方が強かったのです」

「ストールちゃんが、私で！　破壊した所でしょ!?」

エンデリアさんが私の疑問に気づいて教えてくれ、ミマチさんの突っ込みをスルーして、そして問いかけられた。

「お二人とも、もしかして資格に関することが話せませんか？」

「私はお祖父《じい》様《さま》とお祖母《ばあ》様《さま》が、　　　　で……って、話しているはずなのに、唇も動いてませんな」

『　　　』

試しに日本語で『転生者』と言ってみようとしたが、センリさんの言うように唇は動いてなかった。

えっと、さっき聞いた竜脈水路って、アリアさんが落ちて神様達と会ったって、話していたような……王宮の位置にもあったね、ゲート。

王宮、元々はアリアさんの親がラスボスの迷宮だったっけ……。

「アリアさん、ゲート登録している？」

《第三級資格保持・ゲートキーパー・アリアドネ・転移しますか？》

ブワッと蜘蛛《くも》が光った。

「まって！　だめ！」

キュッと抱きしめると光はすうっと小さくなっておさまってくれた。

あっぶな！

「ユイ様、大丈夫ですか⁉」

「あの台座にいなくても、作用を？」

ルゥルゥーゥさんが首を傾《かし》げ、センリさんを見て何か納得したようだった。

「センリにも声？　が届いていたのですものね」

「あぁ、いったいこの声は、あなた様は何者ですかな⁉　第三級資格保持とか、ゲートキーパーとは何なのでしょうか！」

《ゲートキーパー・ガイドと・申します。第三級資格保持は・〈転生者〉であります。センリ様は・第二級資格保持で、　　　　　　　　で・あります。資格

に関しての情報は・制限させていただきます。ゲートキーパーとは・ゲートを管理説明する・存在・を示します》

「アリアさん、ゲート、言わなかったの、なぜかな？」

蜘蛛を見てみると、不思議そうに首を傾げられた。

《現在・ゲートキーパー・アリアドネは・ゲートキーパーの役割を・封じられ・ております。ゲートに関して・情報公開・も封じられています》

「え？　封じられてって、誰に？」

《ゲートキーパー・アリアドネ自身と・神々に》

「あ、もしかして、アリアさん、正式なキーパーじゃ、ない？」

人間になりたがっていた人が、面倒そうな役目を背負うわけがない。

ピンポーンピンポーンピンポーン♪　と、軽い正解音が響いた。

《基本・キーパーは全て・私・ガイドで・あります》

ちょっと誇らしそうな声だった。

「軽ぃですな……」

ノリのよい声に、センリさんは気が抜けてしまったようだった。

「センリさん、大丈夫？」

「ユイ様ぁ」

まだ座り込んでいたセンリさんは、目を涙で潤ませながら私を見上げた。

「私、三級……センリさん、二級、の、資格」

転生者以外で、ゲートを利用できる存在……。

アリアさんが言った、転生者誕生の原因。

転移者
神の器？　依《よ》り代《しろ》？
……の、身内？

『センリさん、日本語、分かる？』

「おぉ！　ユイ様、祖父母の故郷の言葉が話せるのですかな!?　私、かろうじていくつかの単語ならば、覚えておりますぞ！　話せませんが」

「センリさんの、お祖父様と、お祖母様、もしかして、　　　？」

瞬間、私の喉に足元から影が飛んできた。

「ユイ様！」

「ユイ様!?」

誰も止められなかった。

カシャンという金属音がして、遅れてジャラリと鎖《くさり》が擦《こす》れる音が響いた。

私の首には、自分の影と繋《つな》がった鎖付きの首輪が……魔力でもなければ実体もない、触れないのに確かに存在する不思議な物質がはまってしまった。

足元の影の側には、予想外に押し出されてしまってぽかんとした表情の闇の精霊さんが転がっていた。

「ガイド殿!?　ユイ様に何が！」

《第三級資格保持者・が、第二級資格保持・第一級資格保持・条件を看破《かんぱ》・しました。緊急・処置を発動します》

あ……なんか、ヤバい？

でも、神様の作ったゲートだもん、資格保持者の推測なんてできない方がおかしいよね？

第一級が神様を宿した転移者達で、第二級がその近しい血縁者……第三級が私達、普通の転生者。

「まって！　まってくだされ!!　緊急処置とは、ユイ様に何を！」

センリさんは真《ま》っ青《さお》になって叫んだ。

その姿を見て、私はなるほどと納得してしまった。

これ、普通に推測するくらいなら、きっと問題にはならなかった。

「センリさんの、安全の、ため？」

「ユイ様!?　何を納得なされておりますかな？」

「あ〜、ユイ様、えっと、何かマズいことを言い当てちゃった感じですか？」

エンデリアさんから解放されたミマチさんが、触れない首輪を確認して鎖の伸びている影に這《は》いつくばって顔を寄せた。

「これ、魔力じゃないですね～。神力系だと推測します」

「闇の精霊が、影から追い出されてしまっていますからね。その推測は当たっているでしょう」

「どうすればユイ様は解放されますか!?」

皆さん真っ青だ。ミマチさんさえ、口調はいつも通りなのに、顔色が悪く表情が強張《こわば》っている。

「…………」

「わ、わわ、私のせいですかな?」

特にセンリさんは、センリさんこそがきつい首輪をはめられてしまったかのような、絶望感溢《あふ》れた表情だった。

「センリさん、のせいじゃない、よ?」

そろりと足を動かしてみる。

「おお!」

歩いた、けれど私の体は前に進まなかった。前世のダンスでそんな技術？　があったはずだけど、当然私はできない。

ちょっと面白い。

ひらひらと両手を振ってみたが、影は微動だにしなかった。

「これ、ユイ様だけ迷宮の法則に捕らわれてますね～、影の範囲だけ迷宮の伸縮効果が発動しているみたいです」

アリアさんが展開した迷宮を思い出した。

「私、どんなに歩いて、も、この場所、から、移動でき、ない？」

「たぶん、他の人が抱き上げても……下手に影の範囲外から出そうとしても、首輪が締まってしまいそうですね～」

私は顎《あご》に指を添えた。

「なら」

魔力の糸を伸ばして、月水精霊《つきみずせいれい》さんに咥《くわ》えてもらった。

私達の周辺だけ、適度に除湿してもらう。

「着替えよ？」

アージット様達に知らせて相談するにしても、湯浴《ゆあ》み着《ぎ》のままではいられないだろう。

「！　えっと、私がアージット様達にゲートのことや、ここまでのことを話してきますねぇ」

ルゥルゥーゥさんが手を挙げた。

「私はユイ様の警護として、この場所から離れません」

「いやいや、ストールちゃんは鎧《よろい》着込まないと、アージット様通せないでしょ!?」

ミマチさんの突っ込みに、ストールさんは固まった。

「そうですね、鎧一式を持ってくるには人手が足りません。センリも迷宮温泉の範囲から出ない方がいいでしょう。三人の服は私が持ってきます」

エンデリアさんはそう言って、ストールさんの手を引いた。

私が鎧一式持ってきましょうかなとか、言い出しかけてたセンリさんの挙げかけてた手は、ヘニャリと下ろされたのだった。

「ミマチはユイ様の護衛を、センリはミマチがユイ様に不埒《ふらち》なまねをしないように、見張りを」

「いやいやいや、いくら私でも！　こんな事態に本能むき出しな行動はしませんからね!?」

◆

着替えを済ませ、一同は私の周りに集まった。

いくつものクッションが持ち込まれ、私は足を影から離さないようにそこに座った。

ミマチさんがすぐ側に小さな石の卓袱台《ちゃぶだい》を、魔力で作ってくれる。

ちなみに動かない影の部分は、魔力が通らなかった。

精霊さんもはじき出されるくらいだから当然である。

人は普通に入れるし、影響もない。

精霊さん達と、鎧を着込んだストールさんだけ影の範囲内には入れなかった。

慌ててお風呂に駆け付けたアージット様は、この場所に広がる重さのような力に目を細め、私の首についた拘束具に息を呑《の》んだ。

「苦しくはないか？」

「ないです。大丈夫」

影が他の人には影響ないと確かめしだい、止める間もなくアージット様が、私を抱え込むように腰を下ろして、背もたれになってくれた。

人肌の温もりに、ほっとして力が抜ける。

神の依り代的な人達が日本人で、しかもセンリさんの祖父母さんなら大丈夫だと思っていたが、拘束されるというこの状況に一応体の方は緊張していたようだった。

そして卓袱台には、軽食と飲み物が用意され、脇には蔓《つる》かごに毛糸玉と編み棒と編み針が置かれた。

「ユイ様、先《ま》ずは食事を」

思わず蔓かごに手を伸ばそうとしたら、エンデリアさんににこやかに注意されてしまった。

切り取られたパイは、断面下から薄いクリーム、玉ねぎやベーコンにトマトソースがかけられ、一番上には絶妙な固さの温卵がのせられていた。

ちなみに卵は、温泉の一番熱いお湯が流し込まれるスペースがあって、そこで用意された物である。

……ここ作ったの、絶対日本人だわぁ。

もしかしたらセンリさんの祖父母さん達かもね。

ちなみにクリームはお芋を蒸《ふ》かして潰した物だった。サツマイモみたいに甘い。玉ねぎベーコントマトソースの甘じょっぱさとあって、更にそれを包んだパイがサクサクしてて美味《おい》しい。

皆さんにとっては軽食だが、私は一切れでお腹いっぱいになりそうだ。それでも結構食べられるようになってきたなと思う。

前はこの一切れの半分でも食べ切れなかったもの。

もぐもぐしている私を抱え込んだまま、アージット様はゲートに関する一連の出来事を聞いて、眉間《みけん》を押さえた。

ガイドさんの声を聞けるのが、私とセンリさんだけだったので、センリさんはちょっと眼差《まなざ》しを虚《うつ》ろにしつつも、頑張って説明を終えた。

「どうすれば、ユイが解放されるか聞いたか？」

ハッとした表情を取り戻して、センリさんは叫んだ。

「ガイド殿！　ユイ様はどうすれば解放されますかな!?」

《……現在・アリアドネに影響を与えないように・解析制約・しております。しばらくお待ち・ください》

「解析制約!?」

「かいせき？　せいやく？」

あ、センリさんを害せる能力を持っているかどうか見てるってこと？

私にはそんな力はないと思うけど、あったらその能力がセンリさんに向かないようにするのかな？

「制約っ!?」

皆の顔色が悪くなる。

後から聞いた所……皆、首輪と鎖、制約という単語から、奴隷化《どれいか》を連想してしまったらしい。

実のところこの時一番のんきだったのは、私だった。

《または第二資格保持者か・第三資格保持者・が・神の座に転移して・審査登録を》

「行きますぞ！　神の座っ！　ユイ様に制約など冗談じゃないっ！」

言うが早いか、センリさんの姿は淡く輝いて、消えた。

「あ、センリさん、待っ」

完全に自分で行くって、言っちゃったものね……蜘蛛の時みたいに止める間なんてなかった。

「……審査、って何か、聞いてから、でも……」

私の手は、空気を掻《か》いて下りた。

《審査・とは？　力に溺れないか？　意志の強さ・覚悟などを・測ります》

「あぁ、あの、私の解析もその審査と似たような、ものじゃ？　あと、センリさん戻ってくる前に、問題なければ、終わるん、じゃ？」

《肯定・します。守護《しゅご》精霊《せいれい》・能力利用解析により・問題ないと判断。後五分で解析制約・完了します》

「……後五分で、問題なく終わるそうです」

私の言葉に、エンデリアさんは深くため息をついた。

「センリ……時々、うっかりというか、慌てん坊なんですよね」

ガイドの声は聞こえなくても、センリさんが無駄足を踏んだことは私の反応で、皆に

伝わってしまったようだった。

「大丈夫だろうか？　あの娘《こ》……神に喧嘩《けんか》売りそうな様子だったが」

アージット様の呟きに、皆「あ～」と、心配そうに唸《うな》った。

センリさんが得体の知れない場所に行ってしまったというのに、皆そこまで深刻に受け止めてはいないみたいだ。

まぁ、神の依り代がセンリさんの祖父母さんなら、神様にとっても孫みたいなものかもしれないし、よっぽど性格が悪くなければ孫って可愛《かわい》がられる存在のはずだから大丈夫じゃないかな？

◆

でもまぁ、お風呂入ってご飯食べ終われば、体力のない私は五分と持たず、いつものお約束のように寝落ちしてしまいました。

起きたら可愛い部屋のベッドの上でした。

窓の外は、曇り空だったけれど、もう夜が明けていることは確かで。何もついていない首に触れながら、体を起こした。

拘束されていたのに、解放されるのも待たないで寝落ちできる自分の逞《たくま》しさにちょっと呆《あき》れる。

「おっはよーございまーすっ、ユイ様♪」

「……おはよ、ござ、ます」

そして、さっきまでいなかったはずのミマチさんが、ベッドの横に立っていた。

これ、ミマチさんと会ってからは毎回のことなので慣れた。

彼女の差し出した盥《たらい》には水が入っていて、私はいつものように顔を洗う。

顔をタオルで優しく拭かれ、洗顔用具がささっとミマチさんの手から消えると、代わりに着替えを差し出された。

……受け取ると同時に、ミマチさんの目元が闇に覆われてしまう。

これも毎回のことながら、いつの間にかミマチさんの肩には闇精霊の紫《むらさき》王子《おうじ》が背中を向けて座っていた。

お風呂の時みたいに、他にミマチさんを止める人がいれば出てこないのだけど。

「くぅ、鉄壁っ」

そういえば、私が魔力あげてないのに、紫王子はちょこちょこ物理的に干渉しているなと、今更ながら気づいた。加護縫《かごぬ》いの糸切ったりね。

着替え終わると、ミマチさんは私の髪をいい匂いのオイルをつけた櫛《くし》で、丁寧にとかしてくれた。

「そう、いえば、センリさん、は？」

「ちゃんと帰って来られましたよ！」

気楽な声に、センリさんのひとまずの無事は感じられた。

よかった。やっぱり孫扱いですぐに帰されたのだろうか？

「でもなんかスッゴいことになってますね～」

「？」

「まあそれは実際に見てみた方が面白いと思いますよ」

ぷふっと思い出し笑いをしているミマチさん。

「そういえば、ひとまずの危機は去ったので今日は皆さん出払ってます」

「みんな？」

「アージット様とエンデリア様は、迷宮の方に顔出しに行ってますねぇ」

「顔出し？」

「アージット様の氷の魔剣をゲットした時に組んでいた冒険者の一人に、風の精霊の守護持ちらしい人がいたそうなんです。それでちょうど今迷宮ギルドにその人がいるそうで、会って確認するらしいですね」

ミマチさんは言いながら外を見た。

「雪が降ると、この都市は基本的に出入りできなくなってしまうので。すれ違わないように、ちょっと忙しいんですよ」

◆

「うわぁ」

思わずそんな声が出てしまった。

センリさんは食堂のテーブルに突っ伏している。そして彼女の肩から頭にかけて、異形の男性がふんわりと漂っていた。

全体的に裸で、全体的に青い。

服装らしいものは腰に巻いている布と足に履いたサンダルのみ。脚には太股《ふともも》から蔦《つた》のようなものが絡まっている。

キラキラと煌《きら》めく宝石のような鱗《うろこ》が足から脇腹を覆っていて、ちょっとルゥルゥーゥ

さんの水中バージョンに似ていた。

だが、ヒレのような耳の少し後ろからは角が生えており、まるで東洋の竜のようだ。

角は蒼《あお》くこれも宝石のようだ。

そしてフワフワと浮いている長い髪の先は……空気に溶けている。

「……精霊さん？」

なんとなく、紫王子に似ている気もする。

「半精霊だそうですな。私が扱えず無意識に封じていた力を取り出して、守護として付けられました。……父が龍人族《りゅうじんぞく》とかっ、家で一番気弱で内気な父がっ！」

まだ先祖が巨人族の方が納得できますぞ、と呻《うめ》くセンリさんを、半精霊さんは楽しそうに覗《のぞ》き込む。

うん。実体がある。

空気の中で、泳いでいるかのようだ。

例えるなら、アリアさんの作り出した糸のようだ。

力の結晶が物質化した状態。

「龍人族……」

えっと、たしかもの凄《すご》くプライドが高くて、傲慢《ごうまん》な種族で、強大な力を持っていて

……ほとんど他種族と交流したり混じったりしない上、元々出生率が低くて滅んだと言われているんだよね？

幻の種族、堂々の一位。

「うわぁ」

もう「うわぁ」としか、言葉が出ないや。

龍人族のお父さんと、神々の血を引くお母さん……いったいどんな家庭だったんだろう？

でもミマチさん見てるとそんな不思議な家庭だった感じしないのに。

「まあ、祖父母がな、わけですからな、父に関しては……色々折られたのですなとでも納得しておきます」

しぶしぶと呟き、両手で顔を覆う。

「それより問題なのは、彼が腰布しか装備してくれないことなのですぞ！」

センリさんにぴったりくっついてのしかかっている半精霊さんは、とてつもなく美形だった。

綺麗《きれい》に腹筋は割れているし、ウエストから太股にかけてのラインが、男性体なのに凄く色っぽい。

「実体はあるけど、自分の好みの物以外は受け付けないみたいですよね〜」

　ミマチさんが「女性だったら目の保養なのに」と、一瞬だけ荒《すさ》んだ表情で舌打ちした。

　そんな存在にぴっとり懐《なつ》かれ、ほとんど離れてくれなくて、センリさんは疲れきっていた。

「ユイ様ぁ、一生の願いです！　彼に服を、作ってくだされぇ」

　今にも泣きそうな表情で助けを求めてきた。

　詳しく話を聞いてみると、センリさんが扱えていなかった力と、神様がすくい上げた海水を混ぜ合わせて誕生したのが、彼だという。

　見目麗しい男性体で、ほとんど裸。

　しかも実体があって、見える触れる状態。

「センリさんの、護衛、代わり？」

　私の言葉に半精霊さんは、ニコッと笑って肯定した。

「ユイ様、彼に服を……！」

「ん、と、無理だと、思う」

「ですよねぇ」

　ミマチさんが頷いた。

「ユイ様の加護縫い品は、モロ影響受けそうな種族ですしね」

「私、たぶん警戒対象」

絶対受け入れないよ？

自分を指差して、首を傾けてみたら、テーブルがゴンッと鳴った。センリさんがガクッとうなだれて額を打ち付けたのだ。

「おぉ、テーブルが壊れない」

ミマチさんはパチパチと拍手をした。

当たり前のはずなのに、センリさんが対象だと確かに「壊れない」と感動してしまう。

私もミマチさんに釣られて拍手をしてから、人の気配が少ないリビングを見回した。

「ストールさん、たちも、いない？」

「ストールちゃんは馬車の手配に行ってます」

「馬車？」

「アージット様の馬車は、置いていかないとなんで」

ミマチさんは私が寝落ちしてしまってからのことを、教えてくれた。

「ユイ様が眠ってしまってから、少しして、拘束は解けました。最終的にガイドという存在がどう判断したのかは私達には分からなかったのですが、一応ユイ様に問題なさそうでしたので、お部屋で寝かせました。水系統の精霊の守護がない者でも、水中で息ができる丸薬を用意したところで、センリちゃんが帰還」

センリさんは顔をテーブルに伏せたまま、ゆらりと片手を力なく上げた。

「詳しくは、神々との誓約で言えないのですが、祖父母に会ってきましたぞ」

「祖父母」

「えっと、ユイ様は気付いたようですが、自分の祖父母が神々と縁強く、そのせいでゲートの使用権があったのですな。神々が連絡をとってくださり、祖父母と話したのですが……思考が短絡的すぎるとか、力をちゃんと制御してないとか叱責を受けましたな」

あぁ、うん。センリさん頭に血がのぼってたものね。

「ユイ様については、戦闘スキルや人を害する能力がほぼないことがガイド殿から神々に報告されたのですな。しかし闇の精霊王の守護を得ていることから、神々が彼……カイリを私の力の中から作り出して、念のための護衛として付けられることになったのですな」

んん？

あ、この半精霊さん名前あるのか……カイリ、海里？　センリさんもしかして千里かな？

『り』はいっぱい当てはまりそうな漢字があるから、特定はできないな……とか。

そんなことも、現実逃避気味に浮かんだけど……。


精霊王？


「せ、精霊王？」

思わず両手で、『彼』を、肩付近からすくってかかげてしまった。

その行動に闇精霊さんはノってくれて……私の手の上で、闇精霊さんはえっへんと胸をはった。可愛いけど、私以外には見えないかと思ったら、カイリさん？　が、「フフフ」と笑った。

「うわっ、声!?　え、声出るんですな!?」

「そ、そっちも驚きだけど、え？　ユイ様の闇精霊様って、精霊王？」

いや、全然見かけない男性体だし、王子様みたいな格好だなぁとか思ってたけど……。

魔力あげてお願いしなくても物理的な影響力があるから、特別な精霊さんかなぁ？

とか思っていたけれど……あれ？

「？　神々が、新しく、つくった、って、ことは、水の精霊王、元々、いなかった？」

「あ、違いますぞ、カイリは、海の精霊王ですな」

「え？　海の精霊なんて聞いたことないんだけど……」

「元々いなかったのは、海の精霊の方ですな」

「まって、精霊の種類が増えたなんて、なんでこの瞬間まで報告しないの!?」

バシバシとミマチさんがテーブルを叩《たた》いた。

そうされて、やっとセンリさんは顔を上げた。

「神々との誓約ですな。ユイ様に神々から与えられた力のことを教えることで、闇の精霊王にも対抗できる力が私にもあることを理解させるという誓約で」

センリさんは何かを言おうとして、不自然にきゅっと口を閉じた。

「あ～、つまり、ユイ様の意識のない所では話せないとか、他にも私がいるから話せないこととかあるんですね？」

「……ですな」

「もしかして、センリさん、私と一緒にいられない、から、馬車の手配を？」

心臓が寂《さび》しさできゅうっと痛くなった。

思わずスカートを握りしめる。

センリさんは、ロダン様の屋敷のメイドの中でも私の次に新入りで、休みの日を合わせてくれたり、色々荷物持ちを買って出たりしてくれた、リーヌさんと同じくらい親しい付き合いだったのだ。

私がアージット様と婚姻《こんいん》することになって、正式に私付きになってくれたメイドさんだったのに……もう、一緒にいられない？

「うぁ？　ち、違いますぞ⁉　ゲートの件というか、王宮の方のゲートの復旧作業を頼まれましてな！」

「ゲート復旧？」

予想しない言葉に、じんわり浮かびそうだった涙が引っ込んだ。

ゲート復旧……王宮のというと、アリアさんの？

「何でも、ゲートが作られた当初巻き込まれた始祖《しそ》の蜘蛛殿……ガイド殿の代わりに組み込まれてしまった彼女を解放して、ガイド殿をいんすとぉる？　することが、私どもの一族がこの国に家を移した理由らしく」

センリさんはため息をつく。

「神々に祖父母が頼まれて、この国についた時には、ユイ様の祖父がヌィール家当主になったばかり。他の蜘蛛やその主人は……処分済み。始祖の蜘蛛殿を目覚めさせるどころか、その魂を消滅させかねない状態で、手出しできなかったのですな」

……思っていたよりもめちゃくちゃな話だった。私の祖父から、どうしてそんなことになってしまったんだろう？

祖父の前までは、まともな人達だったらしいけれど。

「そんなわけでお役目を仰せつかった一族の末裔《まつえい》である私が、改めてゲートの復旧をしなければならなくなったわけですな」

「あ、ユイ様は行かなくて大丈夫ですよ～、というか他のガイドさん？　の、領域。つまりはココにいてくださいってことらしいですよ～」

なるほど？

「センリさん、知らな、かった？」

「両親には、伝わっているそうですな。ただ両親の代でヌィール家にまともな加護縫い者が現れなければ、始祖の蜘蛛殿の魂はもたないと思われていたようでして……ある意味神々はユイ様に感謝されてましたな」

うわぁ、アリアさん本当に消滅の危機だったんだ……。

私は蜘蛛の頭を優しく撫《な》でた。

「一度両親のもとへ行って、いんすとぉる？　の道具を借りうけてから王宮に向かう予定なのですが……むしろ両親を連れて王宮へ行くことになりそうですな」

「王宮には定期的に、ユイ様の作られた治療用手袋を届ける予定でしたから。ゲートが開通すると色々都合が良いんです」

「？　都合が良い？」

「えっと、神様の所へは限られた人しか行けないらしいですけど、数ヶ所の危険地帯以外なら、ゲート使用資格者が認めれば六名まで一緒に転移できるんですって」

おぉ、なるほど……王宮とココの行き来が楽になるのはいいね。

王様とハーニァ様の装備品、試着とか手直しが余裕をもってできるかも。

結婚式の衣装でもあるからね！

「危険ですけど、王様方も戦闘メンバーに組み込まれていますし。開通したらお忍びで迷宮特訓できるかもしれませんしね～」

「カイリも私も、その戦闘への参加は禁じられましたしな」

「ま、センリちゃん結構ドジっこだし、元の怪力知られてても、だぁれも戦闘メンバーに入れようなんて考えてなかったから大丈夫♪」

ミマチさんが笑い飛ばして、センリさんはうなだれた。

でもちょっと嬉《うれ》しそうに、口元はほころんでいた。

以前センリさん自身、戦闘センスがないためメイドになったって話してたものね。

下手に力があるため幼い頃、冒険者を目指す知り合いに無理に誘われそうになったり、その知り合いから力があるのに戦えないことを責められたりしたらしい。

　センリさんは、そのトラウマのせいで、余計力の扱いが下手になっていたみたいだった。

「祖父母には、使いたくないなら、余計制御できるようになりなさいと……でも神々は上手《うま》く扱えないなら他に制御させればいいと考えたようで」

「神様、センリさんに良く、して、くれたの、ね」

「……っ、はい。優しい方々でした。カイリにも感謝しているのですぞ？　しかしそのっ、容姿と格好がはれんちですなっ！」

　うーん、実体化しているといっても、精霊さんだから魔力が服装になるのではないだろうか？

「えっと、実物の服より、魔力で服、つくるように、お願いできない？」

　腰に巻いている布……実体化しているけど、生まれた時からあったなら、力の一部だよね？

「え？」

「服、精霊さんと同じなら、力、が服になる？　力を服にして、着てほしいって、セン

リさんがお願い、できない？」

ミマチさんがすぐ側に置いたままだった鞄《かばん》から、紙の束と筆記具を取り出した。宿屋で空いた時間に描いたアージット様の服のデザイン画である。

うん。色合い的にも、体形的にも、流用できそうだ。

でも、竜っぽい角が生えているし、色っぽいから、もうちょっと女性よりな中性的なチャイナドレス系着せてみたい！

アオザイとか！

新しい紙も広げて、ついでにセンリさんの服もおそろいっぽいのを考える。

「いやいや、ユイ様？　なぜに私の服まで？」

「守護精霊、おそろい、喜ぶ、よ？」

たぶん、積極的に力を服にしてくれそう……と、顔を上げたら、服のデザインに無関心だったカイリさんがセンリさんの背後から身を乗り出して私の手元を見てた。

「本当に効果ありそう～」

「え？　あ」

私の視線とミマチさんの言葉にカイリさんを見上げたセンリさんは、ガクリとうなだれた。

「お待ちくだされ、カイリとおそろい？　この美貌《びぼう》の持ち主とおそろいですと？」

「あ……うん。女性としては並びたくないね！　でもガンバっ★」

「大丈夫！　センリさんにも、似合う服、頑張って考える！」

うん、おそろいっぽいけど、露出が多くて色っぽいのと、きっちりがっつり着込む方向で分ければ、センリさんも抵抗少なくなるだろう！　たぶん、きっと、おそらく……うん。

そういうわけで午前中は、私が製作途中のアージット様の服やデザイン画を見本にしたカイリさんのファッションショーと、センリさん用のおそろいっぽい服のデザイン製作でつぶれることとなった。

お昼になる頃、ストールさんと、ここまで馬車を操っていた、御者《ぎょしゃ》のゴゴールさんが帰ってきた。

乗っていたのはアージット様の馬車とは違い、もっと貴族らしい装飾のされた豪華な馬車。

ストールさんの家から借りてきたのだという。アージット様の手配した馬車はストールさんの実家に置いて行くらしい。

ちょうどリビングにいた私とミマチさんで出迎えた。

そういえば、てっきり、留守番は私達だけかと思っていたら、台所で獣人の男性ミジットさんも留守番してた。彼が料理人だったので、お昼ができるのを待っていたのだ。

ちなみにセンリさんの服の製作前に朝食はとった。

私の食いつきが良いと、和食風の朝食が出てきた。献立《こんだて》は鮭《さけ》（？）おにぎりとお味噌《みそ》汁《しる》、沢庵《たくあん》だった。

一階にはリビングと、その奥に台所がある。

一階といっても、玄関から少し階段があって高い位置に一階が存在している。台所から入れる食糧庫があって、冷蔵庫っぽい部屋もあった。

上がってきた二人は私を見て、ほっとしたみたいだった。いつものことながら、ストールさんは鎧なのに分かりやすい。

「ただいま戻りました」

「ユイ様、おはようございます。体調はどうですか？」

ストールさんは私の目の前に片膝をつくと、手をとって顔を覗き込んできた。

「大丈夫」

「……っ、ユイ様、ここに着いたばかりですが、私とセンリだけ王宮へ向かうことになります」

「いや、ストール様、俺も御者として行きますからね」

ゴゴールさんがツッコミを入れた瞬間、キッとストールさんが彼を睨《にら》み付《つ》けた。ゴゴールさん、めちゃくちゃビビってる。

「ゴゴールさん、問題は女性メンバーが減るということなのですっ！　ミマチの暴走を抑えるメンバーがっ！」

　アージット様以外だと、男性は御者で普通の人間のゴゴールさん、黒い犬耳と尻尾《しっぽ》の料理人ミジットさん、一応王宮から派遣された護衛の人、王宮でアリアさんが作った迷宮に一緒に取り込まれた人の副官（そういえば自己紹介されてないし、してない）だけだ。

　確かにアージット様以外に親しい男の人はいない。

　ちなみに女性はストールさんにエンデリアさん、ルゥルゥーゥさん、センリさん。そして問題のミマチさん。

　この中でストールさんとセンリさんがいなくなると確かにちょっと……防御力が心許ないと思うのも仕方ないかも。

　ストールさんは私の両手を握ると、祈るように額へとかかげた。

「なるべくエンデリア様の側にいてくださいね」

「いやいや、ストールちゃん、私護衛メイドだからねっ」

ミマチさんが不満そうに声を上げるが、華麗にスルーされる。

「すぐ、行くの？」

「はい。ここに来る途中に、小さな山を越えてきたのを覚えてますか？　もう数日もすると、あそこはものすごい豪雪地帯《ごうせっちたい》となるのです」

「小さい山だからって油断してると、意外と死亡率高いんだよねぇ」

ストールさんの言葉に、ミマチさんはしみじみと頷く。

「だから、雪が降る前に通らないと危険なんです」

御者のゴゴールさんが苦笑して、ミジットさんから籠《かご》を受け取った。お弁当のようだ。

「一応、ここでの皆さんの足となる予定でしたが。馬車は持ち帰れないでしょうねぇ」

……とはいえ、ゲートが開通すれば俺は必要なくなるかもしれませんが」

「彼はただの御者ではなく、少量の荷物なら、豪雪地帯でも徒歩で運搬可能な能力を持っているのです。本来は手袋の配達を担当するはずでした」

なるほど？　え？　徒歩で？

「ただ人を連れて馬車でとなると、ゴゴールでも難しいので」

「ちなみに、手袋はロダン様が仲介して王様へ届けられる予定でしたが、王宮へ人を連れて行くには、ストール様くらいの等級と信頼性がないと難しいのです」

「祖父母がアレでしたが、私どもは平民ゆえ」

　そう言いながら、センリさんが荷物を抱えて二階から下りてきた。軽々と。どうやら怪力は使いたい時に使えるみたいだ。

「お待たせしました、これがゴゴール殿の鞄で、こちらがストール殿の鞄ですな？」

「はい。まだちゃんと荷解きしてなかったのですが、かえって助かりましたね」

「それでは、ユイ様。しばしお側を離れますが、なるべく早く戻ります。アージット様によろしくお伝えください」

　そうして三人と半精霊のカイリさんは慌ただしく、着いたばかりの隠れ家から旅立ったのだった。

第四章

シュネル

それはとても、線の細い男性だった。

緑色の、肩よりやや長い髪は艶《あで》やかで、濃い針葉樹《しんようじゅ》の葉の色に似ている。

瞳も若草色で、容姿も——神経質そうな鋭い三白眼《さんぱくがん》が目につくが——森の民の血が入っているのでは？　と、囁《ささや》かれるくらい整っている。

後ろ姿は細身の女性のようにも見えるため、ギルドに併設された酒場には、彼に絡んだらしい酔っぱらいが蹴り飛ばされて転がっていたりする。

黒に近い緑のコートはウエストの細さを強調するデザインで、軽く動きやすそうに見える。

一目でオーダーメイド品だと分かる、一般的な冒険者とは格が違う服装に、エンデリアは思わず感心した。

アージット様の言う通り、これほど身なりに気を遣った冒険者ならば、ユイ様の作った加護縫《かごぬ》いの服は報酬になるだろう。

「彼……が？」

「うむ、珍しいな……朝から、飲んでいるとは」

拠点を移していなかったことには安心したが、とアージットは呟《つぶや》いた。

アージットの目には、うっすらと緑をまとったほぼ透明な精霊《せいれい》の姿も見えている。

見事なドレス姿の、男性とほぼ同サイズの精霊は、アージットに気がつくと彼の耳元に唇を寄せた。

「あぁ？」

通常より三倍はガラの悪い気配と声で、彼は振り返りアージットを見た。

「久しいな、シュネル」

「……アージェット？」

アージットの偽名を訝《いぶか》しげに呟いた彼……シュネルは目を細めて、ジロジロとアージットを凝視した。

カウンターがゴンッと音を立て、続けてシュネルの手の中のグラスが、ビシッとひび割れる音を立てた。

「てめぇ、あのクソ装備はどうした？　家訓でアレしか着れないんじゃなかったっけ？」

眉間《みけん》に深いしわを刻んで、超絶不機嫌な声が響く。

「どっかの貴族が没落でもしたか？　今着てるそれは加護縫いの超一級品……今じゃ家宝物だろ。さらに自分ぴったりのサイズだと？　色男め、死ね」

「……機嫌悪いな、どうした？　朝から酒なんて」

「うっせぇ、コレは祝杯なんだよ！　あの粘着野郎から解放されたな！」

空になっているひび割れたグラスを、シュネルは乱暴にかかげた。中身が入っていたら周囲に撒《ま》き散《ち》らしていただろう。

「シュネルさん、今朝まで付きまとわれてましたから。マナーのなってない新顔に、仲間になれって」

そっと通りすがりのギルド職員の男性が、アージットに告げ口して去っていく。

「……そうか」

ある意味、タイミングが悪かったなと、アージットとエンデリアは顔を見合わせた。

「で？　何の用だ？」

「実は俺達も勧誘でな」

「か〜ん〜ゆ〜うぅ？」

地の底を這《は》うような声で、シュネルはアージットを睨《にら》んだ。

「ある精霊を助けるために、切断系の能力者か風属性の魔剣が必要なんだ」

「切断」

シュネルは自分の両腰を見た。

そこにはいつも使っている愛用の装備がある。頑丈《がんじょう》な革製の鞭《むち》と、ダンジョン産の撲殺用紙《ぼくさつよう》ハリセンだ。

迷宮産武器には、当たりと外れ、そしてシュネルが持っているようなネタ武器という物がある。

当たりは文字通り、強力な力を秘めた武器のことだ。逆に外れの武器は全く使い物にならない物を指す。

ネタ武器の場合は見た目が特殊で、使えはするもののそこまでではない、という性能のものが多い。

シュネルの持つハリセンは、迷宮から出てきたものだというのに紙でできていて、突っ込みに使うと良い音が響く。

頑張れば衝撃で人を叩《たた》き倒すこともできるが、対魔物用の武器として使えば大抵の魔物は撲殺できるのだ。

ネタ武器には、なぜか神の加護が多く付与されているらしい。

……が。

「僕の装備に切断能力はないよ?」

「知っている」

「だよなぁ」

警戒の眼差《まなざ》しを向けられ、アージットは苦笑した。

「報酬として、俺が今着ているレベルの加護縫い装備を用意しよう。もちろんオーダーメイドで」

「ちょっと待て」

アージットの言葉をさえぎって、シュネルはカウンターに金を置いて席を立った。

「ヌィール家に隠し子でもいたのか？　それか、聖獣化《せいじゅうか》した魔物の蜘蛛《くも》でも新たに見つけ出したとか？」

アージットの肩を抱いて囁きかけるシュネルは、酔いが覚めたかのように真剣だった。

「詳しいな？　今のヌィール家の腕を知っているのか」

「言ってなかったか。僕がこの国に来たのは、ヌィール家の加護縫い目的だったんだ」

見せたい物があると、シュネルはアージットとエンデリアを、宿泊している部屋へ招いた。

「どうしても、一度ヌィール家の加護縫いを直で見てみたかったんだ。だからこの国に来てすぐに、加護縫いの依頼を出した」

シュネルはそう言って、置きっぱなしの荷物の中から、一枚のシャツを取り出す。

「僕がこの国に来るまでに貯《た》め込んでいたお金と、僕の技術の全てで作り上げたシャツを持ち込んで頼んだ加護縫いの……結果が、コレだ」

シュネルのシャツは一見すればかなりよくできている。だが、その仕立てを台無しにするように、シャツに全く合っていない赤黒い糸が汚く胸ポケットの上を這っていた。

明らかに精霊の力を奪って無理矢理縫いつけただけの、劣悪なもの。

「うわぁ」

「精霊の力が宿ったからと追加料金まで取られて、返ってきたのがコレだ」

「……待ってください、コレ背中側も縫いつけられていますよ？　着られないじゃないですか」

「着られても、着ないけどね、こんな穢《けが》らわしいの！」

シュネルは歯ぎしりして、ソレを指先で摘《つま》んだ。

「何が精霊の力が宿っただ！　奪った精霊の力じゃねーか！」

「シュネル、精霊の力の種類が分かるのか？」

「本当の所、あの時あんたに声かけたの、あんたの服の製作者がコレと同じ縫い手だと分かったから、だったんだよね」

「ヌィール家、前当主か」

「いや、現当主……もしかして、下ろされた？　今の当主はお前の今着てる服の手の人、か？」

シュネルは破顔一笑して、手を叩いた。

「ざまぁ！　あのクソブタ野郎！　祝杯あげなきゃ」

いそいそとベッドの下の鍵付き物入れから、結構良い蜂蜜酒《はちみつしゅ》を取り出すシュネルを、アージットは慌てて止めた。

「シュネル、俺達を忘れるな」

「あ、悪い悪い、つい。……えーと、そうそう。アージェット、お前明らかに貴族だろ？　それも結構高い地位の。だから家訓で、ヌィール家の服しか着られないのかなぁって。でもさぁ、俺のコレとは違って奪った力は付いてなかったじゃん？　なんでかなぁって思ってさ」

名残惜《なごりお》しそうにお酒をテーブルに置いて、椅子をベッド前に二脚並べた。

シュネル自身はベッドに腰掛け、二人に椅子に座るように示した。

「確認だけど、アージェット……精霊は見える？」

「ああ」

「僕も一応見られるよ。凝視すればだけどね」

目を細めて、シュネルは自分に寄り添う精霊をじっと見る。

目つきはますます悪くなったが、表情は柔らかい。

「なるほど、彼女は君に見えやすくなるように色をまとっているのだな」

「色をまとう？」

エンデリアの問いかけに、アージットは頷《うなず》いた。

「初めて会った時は、高位の炎と風属性の精霊だと思った。だが、次に会った時は土と風属性」

「ああ、お前変な顔になってたものなぁ」

「そして、風以外の属性色はだんだん薄れて、近場の精霊と力を取り引きする瞬間を見た。あの時は水だったな。今は緑属性か」

「うん。元々の力以外は、あまり留めておけない。というか加護縫いの蜘蛛の糸が、特別なんだよ」

後付けで、ずっと精霊の力を宿していられる糸だなんて……と、シュネルは羨望の色を声に出した。

「でも奪った力なら、その力が抜ける前までに縫いつけなきゃならなかったんだろうな」

縫いつける前から、精霊が力を与えようと順番待ちをしているようなユイの縫い物風景が頭に浮かんだが、アレは始祖《しそ》以外ではおこらないはずの現象だ。

精霊は始祖以外の蜘蛛には、近づかない……近づかなかったからだ。

奪った力を蜘蛛に食わせて、あの男は精霊の力を宿した加護縫いを……加護縫いのための糸を作り出させたのだろう。

しかし、長い時間縫っている間に、精霊の力は抜けてしまった。本人も気づいていないのかもしれない。高額な依頼だからと、自分で全て縫っていたことがかえって価値を下げていたことも。

「……なるほど」

「または、魔眼持ちに精霊の力の種類を見分けられる恐れから、控えたのかもしれませんね」

エンデリアの言葉に、その可能性も高いと思った……が、すぐに首を振った。

アレは目先のことしか考えない、愚かで強欲な人間だ。

シュネルの作った服を台無しにしたあげく、恥知らずにも追加料金を請求する……こんな糸クズの縫いつけでも、奪った力を留められたのが珍しいくらい能力なしだったのだろう。

　だからこの程度の出来なのに、精霊の力が宿った、などと喜んだのだ。

「そこまで考える頭はアレにはないだろう。これまでアレが当主でいられたのは、蜘蛛との契約があって他に後継ぎがいなかったからだ」

「……ああ、ですね」

「なあ、今のアージェットの服を縫った人は、どうやって蜘蛛を手に入れたんだ？　僕は精霊から無理やり力を奪う呪霊師《じゅれいし》をすごく汚く感じる。だから、この精霊の力を奪った加護縫いも、すごく穢《けが》れたものだと感じる。……けれどその服はすごく綺麗《きれい》だ。精霊が自ら望んで力を付与したかのように」

　だからどこかの貴族が没落して伝説の始祖の作品でも手に入れたのかと思った、と呟くシュネルに、二人はゾワリと鳥肌が立った。

　シュネルは一目見ただけでユイの加護縫いが始祖と同レベルのものであると見抜いたのだ。

　感覚の鋭さは能力の高さと結びつきやすい。

　高位の精霊の守護を受けていながら、その力を十全に扱えていないこと自体は珍しくない。人間側の能力のせいで精霊の力を扱いきれないことは。

　けれど、彼の場合はそうではなかった。

「シュネル、お前なんで、精霊の力を扱いきれないいんだ?」

「あぁ?　精霊に釣り合わない人間で悪かったなぁ。なんだよ!　唐突な蔑《さげす》みっ!　人の話聞いてんのかぁ?」

凶悪な目つきになったシュネルに、アージットは慌てて首を振った。

「違う違うっ!　お前の話を聞いたから、お前の能力の高さで精霊の力を扱いきれないことが逆に不思議なんだ!」

「へ?」

「アージット様、シュネル様をユイ様に見ていただいた方が良いかと思われます」

エンデリアは提案した。

ストールの鎧《よろい》、始祖の蜘蛛の目覚め、どうやら神に関わっているらしいセンリの血の覚醒《かくせい》……大なり小なりユイは何かと周りに影響を与えている。

であればシュネルもユイによって何らかの影響を受けて、精霊の力を十分に扱えるようになるかもしれない。

アージットも少し視線を上空に泳がせて、頷いた。エンデリアの、根拠はないが勘に引っかかるものと同じことを連想したのだろう。

「ユイさま?　アージェットって、やっぱり偽名か。……アージット?　……どっかで聞いたような？」

首を傾《かし》げたが、思い出せなかったのかシュネルはため息をついて、身を乗り出した。

「そのユイ様っていうのが、縫い手か？　何でも協力できるものならしてやるから！　頼む、会わせてくれ！」

「シュネル？」

必死な表情に、アージットとエンデリアは困惑の視線を交わした。

「落ち着け、どうした？　まだ酔っているのか？」

「酔ってないし、落ち着いている！」

叫んでから少し息を詰まらせて、両手で顔を覆ったシュネルは唸《うな》り声をこぼした。

そして呼吸を整えて、両手を下ろした。

シュネルは一見無表情のような、しかし目には熱を湛《たた》えた真面目《まじめ》な顔になっていた。

「ずっと、諦めて、自分をごまかしていた。だが、諦めるなど、無理だ。僕は……加護縫いが……」

声を詰まらせながら言葉を紡いでいるシュネルを見つめる精霊は、微《かす》かに身を震わせた。

その身に纏《まと》っていた緑属性の力が、内側から押し出されてしまうのを、アージットは

見た。

透明になっても、抑えきれずに溢《あふ》れる気配に、闇精霊でないから目には見えないエンデリアですらも顔色を変える。

珍しい高位精霊だと、だが普通の精霊だと、思っていた。

そう、よく考えれば、アムナートとハーニァの守護精霊《しゅごせいれい》のように、精霊同士のやり取りならば、分けた力は相手が受け入れれば定着する。受け入れたのに定着しない、混じらない、この風属性の精霊はおかしい。

精霊の変化には気づかずに、シュネルはその言葉を大切に形にした。

「僕は加護縫いが、『したい』んだ。針子《はりこ》に、なりたいんだ」

◆

アージット様が連れて来た男性は、私を見て固まった。

そして、ゆっくり大きく目を見開いて、ゴクリと喉を鳴らした。

「……え？　精霊？　実体化した精霊？」

なんだか触って確かめたいのか、両手が差し伸べられて空中で私の体形をなぞる。

「黒？　白？　レース、原色はないな、淡い色、絹の靴下、鳥籠《とりかご》」

呟きながら、息が荒くなっているし、目も興奮で潤んで…………はっきり言って、変質者だった。ちょっとキツめの美形なだけに、ギャップのヤバさが際立ってしまった。

ミマチさんがいつの間にか私の前に立って、ナイフを構えてしまうくらいだった。

「ユイ様、おさがりください」

「シュネル、まさかお前、幼女趣味…………」

「ちっげぇーわっ！」

アージット様の問い掛けを反射的に否定して、彼は背筋を正した。

「ごほん……失礼しました。アージェット、いや、アージットの友人で、冒険者のシュネルです」

片足を引いて、片手を胸に当て、少し中腰になって頭を下げた姿はどこか貴族的に見える。

しかし表情が、やっべぇやらかした、ごまかせるわけねぇだろというかのように見えて、思わずクスクスと笑ってしまう。

「ユイ様？」

「ミマチさん、大丈夫」

シュネルさんの反応には、覚えがあった。成長期を乗り越えた直後に鏡を見た、私自身である。

「冒険者だけ、じゃ、ない。針子、職人？」

客観的に見て、私の容姿は変質者ホイホイだが、職人としても創作意欲が止まらないものだ。

恍惚《こうこつ》としていたシュネルさんの目に、色欲はなかった。

手の動きは体のサイズを測っていたものだし、似合う色や衣装、小道具？　で、頭がいっぱいになったのだろう。

「え」

シュネルさんは私の問い掛けに目を丸くして、泣きそうな嬉《うれ》しそうな表情になった。

「なんなの、このこ、マジ精霊の化身なの？　天の使いなの？　僕を、針子って、どうして」

「私、も、針子だから」

分かりますと微笑《ほほえ》んで、一礼を返す。

「アージット様の針子の乙女《おとめ》、ユイです」

「…………アージットの衣装製作者様？」

「ああ、俺の婚約者で、数ヶ月後には結婚予定だ」

「幼女趣味はてめぇじゃねーかっ！」

「…………さっき保護代わりの婚姻《こんいん》だと、言っただろうが」

アージット様とシュネルさんのやり取りが、遠慮がなくて、なんとなく微笑ましいなと思う。

それから、シュネルさんについている精霊の衣装に首を傾げた。

「あ、ユイ、こいつの精霊を見てもらえるか？　ただの高位精霊にしては、力が……」

「精霊さんの衣装、デザイン、シュネルさん？」

「え？　うん。僕だけど？」

皆が息を呑《の》んで、私達を見た。

「待て、シュネル！　お前、ユイと同じように精霊治療ができるのか？」

「は？　精霊治療？　なんのことだよ？」

「精霊の衣装を作ったんだろう？」

「いや、デザインしたのを気に入れば、勝手に変えるだろう？」

そう言ってから、何かに気づいたのか、シュネルさんは私をキラキラした目で見た。

「もしかして、ユイさん、精霊の衣装製作できるの？　直接？」

「待て待て！　精霊は簡単に衣装を変えたりしない！」

「はぁ？」

「衣装は精霊の力で、本体の一部だぞ！　そう簡単に変えるわけが…………マジだ！

先入観で気付かなかった！　前見た時と、ドレスのデザインが違う！」

「え？　普通は変えないのか？　こいつ、僕のドレスのデザインを気に入って、守護してくれてるんだけど……」

うん。普通は変えない。普通は。

でも、その例外を、少し前にやった。

力を衣装に。ちょっと露出多めだけど、気に入ったデザインに変化させたのを見た。

露出度は下がったのに、色っぽさは割り増しになって、センリさんは頭を抱えた。

そう、カイリのことだ。そしてシュネルさんについている精霊もまた、彼と同じだった。

三体目である。

紫王子《むらさきおうじ》。

海の精霊王、カイリ。

「男性体の精霊、風属性、の精霊王」

◆

「男性体？　精霊王？」

「んー？」

首を傾げて、私は呆然《ぼうぜん》としているシュネルさんを見た。

なんとなく、彼なら分かるはずなのになぁ？　と、不思議に思う。

「あ、女性体しかいない、って、思い込み？　してる？」

私は手を差し出した。

そこへ、影からふわりと飛んで来た紫王子が、足を組んで腰掛けた。

シュネルさんは目を細めて、紫王子を凝視し、自分の横に立つ風の精霊王を凝視した。

「…………男だ」

「かなり強い精霊だと思ったら、なるほど精霊王か」

テーブルを囲んで、私の隣でアージット様がお茶を一口飲んでから言った。

「ユイ様、よく分かりましたね？」

エンデリアさんが感嘆の声を上げた。

「針子、腕良いと、体形とか、なんとなく分かる」

「ああ、ですねぇ〜、ユイ様測らなくても、寸法ぴったり当てますもんねぇ。男女差なんて簡単かぁ」

針子という職人にゲームのようなスキルがあるなら、こんな能力なのかもしれない。

まあ、男女差の見分けは、前世からできていたが。

先輩や友人達の知り合いや、伝手《つて》で、私に衣装を作ってほしいと依頼してきた人の中には、その辺の女性よりも美しい男性とか、その辺の男性よりもイケメンな女性とか、色々な人がいたからなぁ。

シュネルさんは向かい側で、テーブルに伏せている。

「七年……気付かなかった、僕って……」

職人として、ショックで打ちひしがれている気持ちは、分かる。が、私はそわそわと体を揺らした。

シュネルさんの持つ鞄《かばん》と、腰の武器が、凄《すご》く凄く気になるのだ。

「しかし、生まれたばかりの海の精霊王やシュネルの風の精霊王はあの大きさなのに……闇の精霊王だけ、どうしてこのサイズなのだろうか？」

アージット様の呟きを聞き流してしまうくらい。

「ユイ？」

どうした？　と、頬を撫《な》でられ、私はアージット様を見上げた。

「……あの、シュネルさん、の、持ち物、武器、と、鞄の中の何か？　が、気になって」

「ああ、鞄の中……もしかしてあの服か」

「ん？　鞄の中の服って、これ？」

目にした瞬間、鳥肌が立った。

「ヒッ」

赤黒く、腐った糸が縫い込まれた、呪いの服だと分かってしまった。

呪いの縫い手があまりに下手なせいで着られない物となっているので、今現在は効果が打ち消されているのが、不幸中の幸いである。

私が頼むより早く、紫王子はレイピアを抜いて、シャツに縫われた赤黒い糸に突き刺した。

「あ」

「え？」

服は、かつてアージット様の服を解体したときよりも綺麗に、バラバラになった。むしろ服としての形はなくなり、かろうじて残ったのはほんの少しの糸だけだ。

キラキラと『祝福』の粒子が立ち上り、溶けて世界に返っていった。

「……あ、あぶな、かった！」

アリアさんにリボンを見せてもらっていたから分かった。

「祝福物《しゅくふくぶつ》、なりかけ、呪われ、反転してた！」

もし製作者が、完成と認識していたら、あの服は祝福物になっていただろう。もしそうなら、あの程度の呪いなんて受け付けないほどの物になっていたはずだ。

「え？　しゅくふくぶつ？」

私は思わず、テーブルを両掌《りょうてのひら》でバシンッと叩いた。

「シュネルさん！　自分の作品！　大切にする！」

「は、はいっ！」

「自信も、持つ！　そうしたら、気付いた！」

風の精霊王も、横でコクコク頷いていた。表情がキラキラして、ほっとしたみたい。

いつの間にか紫王子を両手で捕まえて、頬ずりしてた。

紫王子は風の精霊王の感謝を、ちょっとイヤそうな表情で、だらーんと脱力して受け入れていた。

「僕の、あの服が……祝福物に、なりかけていた？」

シュネルさんはかろうじて残っていた糸の欠片《かけら》にそっと触れて、ぼろぼろと涙を零《こぼ》した。

うーん、シュネルさんはちょっと先入観が強いのだろうか？

「はは、結局、自分の作品をだめにしていたのは、僕ってことか」

脱力して、涙を零すシュネルさんに、「いやいやいや」と、私以外の人達が手を振った。

「普通、祝福物のなりかけなんて、気づきませんからね！」

「俺達だって、汚れた糸のせいで着られない物にしか、感じなかったぞ」

アージット様の言葉に、私はゆっくりと口を開いた。

「呪い糸、下手で良かった。着ていたら、たぶん、干からびた魔物に、なってた。あと、糸がなじんで、溶け込んでたら、手に、しただけで、着ないでいられない服、に、なってた」

ミイラ系アンデッドかな？

「待て、糸がなじんで、溶け込む？」

「生きてる、呪い？　元王妃《もとおうひ》のと、似て、る。けほっ」

うん。糸を作り出したのは、魔物化した元人間なのかもしれない。

奪った精霊の力を使っている呪いの糸だ。

縫い手がへっぽこなので、祝福物のなりかけでなければ、あんな危険性の高い物にはならなかっただろう。

ちょっと喉が疲れたので、メモを取り出して、あの服を見た瞬間に分かったそれらのことを書いて差し出した。

「溶け込んだら、着られるようになって、取り返しのつかないことになっていたのか……」

「ある意味、シュネル様の腕が良すぎて起こった奇跡でしょうか」

「うっわぁ、ありがたくない奇跡ですねぇ～」

「おい、いや、これ、ヌィール家元当主の、あの豚野郎が縫ったんだぞ！　あの屑野郎《くずやろう》、何飼ってやがんだ？」

あー……シュネルさんの叫びに、納得しかなかった。

アリアドネさん、私の蜘蛛以外魔物化してるって言ってたものね。私、父親や妹の蜘蛛、めったに見なかったけど……人、食わせたのだろうか？

どうもあの父親と、イメージが合わない。

あの人、どう考えても、三流の悪党なんだよね。

立場の弱い相手なら、好き勝手いたぶったりできるけど、自分で直接人を殺すのはびびる、小心者タイプ。

ロダン様に私を押し付けて、蜘蛛との契約手続きを説明しなかったり……遠まわしに、自分の手を汚さず視界にも入らない殺害なら自分が殺したと自覚しない、頭の弱い人なのだ。

「一応、連絡を入れておきますが、ユイ様、もう一つの気になる物は？」

エンデリアさんに問われて、皆がシュネルさんの腰に目を向けた。

テーブルの上に、ハリセンが置かれる。

「うわぁ、珍しい！　迷宮産面白武器ですね！」

ミマチさんがはしゃいで、食い入るようにハリセンを見る。

「ハリセンタイプは、そう珍しくないだろう？」

「私はよくハリセンで叩かれますけど、本物の迷宮産面白武器のハリセンは初めて見ますよ！　使っている人もね！」

ミマチさんはそう言いながら、「やっぱり鉄鉱石製《てっこうせきせい》じゃないと、よく分からないな」と呟いた。

「んー」

お茶を飲んで、喉の調子を整える。

「これ、ハリセンじゃ、ないよ」

なんとなく、そわそわしてしまう。

使っている人が少ないのなら……もしかして世間では、こんな種類の主人のいない迷宮産武器が知られずに、出回っていたりするのだろうか？

ちょっと、欲しい。

いや、かなり欲しい！

「針子職人の、持ち主が、改造できる武器」

シュネルさんは目を丸くして、息を呑んだ。

「シュネルさん、先入観、捨て、て、見る。改造、できる素材として」

私がすぅはぁと、深呼吸して見せると、シュネルさんも真似《まね》して深呼吸して、目を閉じ、見開いた。

「『大天狗《だいてんぐ》の大団扇《おおうちわ》』？」

それを読み取って息を呑んで、私を見る。

そんなシュネルさんの反応に、私は頷いてみせた。

「上手《うま》く、持ち主が作れば、凄い、風属性、の、武器になる」

風属性……皆が探していた、切断系の武器である。

第五章

弟子入り

「風属性、マジか……」

「アージット様の、迷宮産武器が、氷系なのと同じように、迷宮産武器はだいたい持ち主に相応《ふさわ》しい物が出ると言われておりますものねぇ～、もしかして職人で冒険者な人達も、先入観で気づかないで持っているかも？」

ミマチさんがそわそわと、体を揺らして、私に懇願した。

「ユイ様、アージット様！　あの、私の一族に連絡入れてもいいですか？　私の一族、職人で冒険者な人達、多いので」

「？　なぜ許可を？」

「私、ユイ様に仕えてますからね！　主人が得た情報を勝手に流出なんて、できませんよ！」

でも、知っている職人さんだって、普通にいると思うのだけど？

「ユイ様、たぶん、迷宮産武器を改造しようなんて考える人は、いないです。そして、改造できると思って、迷宮産武器を素材として見ないと、気づかない仕様になっているんだと思いますよ」

「そうですね、迷宮産武器は、神の作りし幻想宝具《げんそうほうぐ》の劣化版、大量生産品と言われていますから。ただでさえ不思議な力の宿った物に、手を入れようなんて考える……しかもそれを実行できる職人はそういないでしょう。彼がいい例です」

　私の疑問に、ミマチさんとエンデリアさんが答えてくれた。

「それなら陸人族《りくじんぞく》の国に直接連絡した方がいいかもな、お前の出身国は迷宮内にあるんだし。この国とは友好国でいつも良くしてもらっているのに、こちらから満足なお返しもできてなかったし」

「ああ、お酒以上に喜びそうなの、陸人族の重種にはほとんどないですもんね〜」

「あの魔族《まぞく》の国の方にも、良いですか？」

「もちろん、そのつもりだ。まあ、そもそもユイが良いならになるが」

　私はコクコク頷《うなず》いた。エンデリアさんにもミマチさんにもいっぱいお世話になっているし、アージット様が国としても知らせたいと考えるなら問題ないのだろうし。

「しまったな、こんなことならストール達の出発を明日にするんだった……いやでも、一日ずれるだけであの辺りはすぐに通れなくなるしな……」

　私の許可を得て、盛り上がる中……シュネルさんは静かだった。

　目を丸くして私を見つめたまま固まっていたが、やがてゆっくりと視線を手元に戻した。

　シュネルさんは自分の武器をもう一度確認した後、なんだか無表情になって、立ち上

がり……私の側で片膝をついて、武器を差し出した。

この態勢…………ストールさんで見たことある！

物がハリセンだから、なんか可笑《おか》しいけど。

「それ、持ち主だけが、改造、できる」

そういうとシュネルさんは首を振ってこういった。

「レベルが足りないのです。お願いします！　僕をあなたの弟子にしてください！」

◆

針子《はりこ》職人になりたいという夢を叶《かな》えるのは、それほど難しくない。

資格などないし、売れる服を作れるならば、針子と名乗ってもいいはずなのだ。

「でも、僕が作りたいのは、ドレスなんだよね」

「ドレス」

「それは、男性には難しいですね」

皆が納得したのに、私は首を傾《かし》げた。

「ドレスを必要とするのは、貴族階級ですし、女性が男性に体のサイズを知られるのは、抵抗がありますよ」

首を傾げた私に、ミマチさんが言う。

「ああ」

ということは、やっぱり？

「シュネルさん、元貴族階級？」

そうでなければ、平民がドレス製作に関わりたいなんて、発想もしないだろう。

私の問いかけに、シュネルさんは力なくため息をつく。

「うん。まぁ、この国のじゃないけどね」

ここよりずっと北東、小国カランコヤ出身と言ったシュネルさんに、皆さん目を丸くした。私が習った地理でも、聞いたことがない。

「ずいぶん遠い所出身だったんだな」

「あの国と、まったく交友関係のない所じゃないと。ある意味、僕、お尋ね者だから」

「えぇ？　この国、犯罪歴のある他国民は入れないでしょう？」

シュネルさんはドンッと、テーブルに手を打ち付けた。

脱力していた表情が、怒りに染まる。

「あの国が！　僕の夢が断たれた原因なんだ！」

「無実の罪でも着せられたのか？」

「そんなシリアスな理由なら、まだ良かった……」

怒りからまた脱力して、虚《うつ》ろな眼差《まなざ》しを漂わせ、シュネルさんは話を始めた。

◆

カランコヤは、遠く大陸の北東にある小さな国だ。

そんなカランコヤで、シュネルさんは高位の貴族の長男として産まれたが、後継ぎにはなれないことが産まれた瞬間に決まってしまった。

魔力過蔵症《まりょくかぞうしょう》という体質のせいだった。

魔力を自身の器以上に溜《た》め込《こ》んで、それを欠片《かけら》も消費できないという生まれつき長生きできない赤ちゃんだったのだ。

大抵の人間は、自分で作り出して溜め込む魔力と消費する魔力を、無意識に調整できる。しかし、ごくたまにそれができない子供が産まれる。

魔力過蔵症と魔力放壊症《まりょくほうかいしょう》。

魔力を溜め込み自家中毒をおこして死んでしまう魔力過蔵症と、魔力を作っても留められず必要以上に垂れ流して死んでしまう魔力放壊症。

一〇歳になれる可能性も低く、二〇歳になるまで生きられる者などいない。

昔の王侯貴族に流行《はや》った生まれつきの病である。

そんな病の存在を知った時、近親婚のせいで現れた障害かな？　と、私は思った。

「今、生きて、られるの、精霊《せいれい》のおかげ？」

「うん。感謝してるよ」

シュネルさんは風の精霊王に、優しく微笑《ほほえ》んで……うなだれた。

「僕にとっては救いの女神だよ。男性体だけどね」

落ち込みつつも、過去形にしない所に好感が持てた。


生まれつき長生きできないと分かった赤ちゃんだったが、両親や祖父母はシュネルさんの誕生を喜び祝福して、ありとあらゆる手を尽くして一日でも長く生きられるようにと頑張った。

迷信的なことも試した。

その一つが、性別を偽ることだった。

「僕は後継ぎにはなれないし、王家公認で、女の子として育てられることになった」

「あ、だからか！　いや、シュネルは元貴族っぽいとは思っていたが、時々出る動きの癖《くせ》が貴族っぽいのに、貴族っぽくないと思っていた。男性貴族っぽくなかったのだな」

アージット様の指摘に、シュネルさんは舌打ちして吐き捨てるように言った。

さっきのも、ドレスを作ろうとしていた動きだったものね。

「とにかく、僕自身にも知らせることなく、そう育てた」

どうせ男らしくなれないだろう体だし、下手に性別を偽っていることを自覚させる方がつらいだろうと、シュネルさんは精霊付きになるまで、自分が男であることも知らされないまま女性として教養を学び……その教養の一つである、手芸、針仕事に魅了されたのである。

両親も周囲も、先の長くないシュネルさんの夢を応援してくれた。

とても腕の良い針子の教師も手配してくれて、やってきた針子のおば様の人柄や教え上手《じょうず》な所に惹かれ、益々シュネルさんは針仕事にのめり込んでいった。

幸せな日々だった。

シュネルさんは自分が男であることを知らなかったが、女友達が美しく装《よそお》う姿を見るのが好きで、友人達のドレスも拙《つたな》いながら作ることができた。

彼女達はシュネルさんに花嫁衣装を依頼し、その依頼を果たすまで死なないようにと励ましてくれ、本当に周囲に恵まれて腕を磨いていた。

そしてそんなシュネルさんのもとへ、強大な風の精霊が降り立ってくれたのだ。

魔力に関する病は、生まれつきのものであれ後天的なものであれ、精霊の守護があれば好転する。

シュネルさんも例外ではなく、その日からみるみるうちに回復し、一月もすれば普通の人と変わらないほど動けるようになった。

命の心配がなくなったこと。

そして守護してくれたのが、風属性の精霊だったこと。

それが、シュネルさんにとって、良い効果をおよぼした。

本来、長男で精霊の守護持ちなら、跡《あと》取《と》りコース一直線である。が、高位の風属性の精霊……風属性の精霊は自由できまぐれ。

他の属性ならば、一度守護した人間から外れることはめったにないが、風属性は守護した人間が抑圧されたり、本人の望まない道を受け入れたりすると、あっさり外れてし

まうのだ。

すでに立派な跡取りの弟がいたし、本人は女性として育てられていたし、何より寿命の心配なく針仕事ができると喜んでいる。そもそも、精霊自体がシュネルさんデザインのドレスを気に入ったから守護してくれた。

高位貴族の長男ながら、シュネルさんはドレスを作る針子として、周囲からは受け入れられていた。

「まぁ、僕が本当は男だって知らされた時は、さすがに複雑な心境になったけど、友人達が本当に良い娘達ばっかりでね！　ドレスの注文も取り消さないし、精霊が守護するほどのデザインドレスだもの、私達が着れば他の女性達もあなたの性別なんか気にならなくなるわって、励ましてくれて」

「男として見られてないとも言えますが、シュネル様本人も男である自覚が薄かったでしょうし、本当に最高の環境だったんじゃ……」

エンデリアさんが困惑した表情で呟《つぶや》く。私も首を傾げた。

その環境から外へ出る理由が、思いつかない。

シュネルさんは両手で顔を覆った。

「ある日突然……第五だったか、カランコヤ国の末の王子が……僕を嫁にすると喚《わめ》きだしたんだ」

「へ？」

「男だって言っても、針子になるんだって言っても、聞きやしねぇっ！　あのクソ王子いいいっ！」

物凄《ものすご》く恨《うら》みの籠《こ》もった声が、掌《てのひら》で押さえられつつも……押さえられて余計に、低く響いた。

「あ」

エンデリアさんが何かに気がついたような声を出し、アージット様が顎《あご》を撫《な》でながら何かを思い出したかのように、目を閉じて口を開いた。

「確かあの地方で、男ばかりが死んでしまう病が流行ったことが、数年前にあったな？」

「シュネル様の出身国は、王の跡取りがほとんど亡くなってしまい、末の王子しか残らなかったとか……」

「王も、病の床について、亡くなりはしなかったものの、王としての勤めを果たせるほどは回復しなかったはずですねぇ～」

「幸いなことに、あのアホ、王としての資質はあったんだ！　病でガタガタになった国も、あいつが支えて立て直したと言ってもいい。賢王だ。僕を嫁にするって、世迷《よま》い言《ごと》を言い続ける所以外はなっ！」

「……た、たいへんだったな」

アージット様は男として、それ以外かける言葉が見つからないようだった。

「大変じゃ、すまなかった。あいつは僕が嫌だって言っても聞かないし、元々末の王子だからと、ちょっと甘やかして育てられていた所もあって……僕の寿命が短かった時から、王子の取り巻きの中には、死ぬまでの間でいいから婚約してくれないか？　とか、言い出す輩《やから》もいたくらいだ」

針子修行の邪魔だったから、容赦《ようしゃ》なく断ったがな！

そうシュネルさんは叫んで、差し出されたお茶で喉を潤した。

「もしかして流行り病の後、命を狙われました？」

エンデリアさんがお茶のお代わりを注ぎながら、聞く。アージット様も、菓子を摘《つま》みながらうんざりした様子で口を開いた。

「王位継承者が執着している、後継ぎの望めない人間だものな」

王族だからこそ、心当たりがあるようだ。

そっか、この国だと、王様は魔眼の持ち主としか、婚姻《こんいん》できないのだものね。その分権力争いに婚姻が絡むのは少ないのかも。

でも他の人族の国は、色々ドロドロな話とか多いのかも。

だからこそ、他国出身二番目の妃《きさき》も、嫉妬《しっと》でおかしくなってしまったのかな。

「それだけだったら、僕も国を出ないで針子をしてた」

「それだけ、って……」

私は風の精霊王を見上げた。

シュネルさんは、魔力過蔵症だった……精霊に捧《ささ》げる魔力はたっぷりということだ。

シュネルさんを暗殺しようとすれば、同じく精霊王の加護を受けて魔力もたっぷりあるような人でなければ無理。

更に精霊の属性相性もあるだろう。

「確かに、それだけ、ですねぇ」

私の連想を、皆もしたようだった。ミマチさんがしみじみと頷いた。

「だからあのバカ王子に……側室を受け入れてくれるなら、僕を王妃《おうひ》にしてもいいとか、言い出す派閥《はばつ》が出来たんだ！」

「は？」

アージット様が、目を丸くして、「は？」のまま表情を止めた。

シュネルさん以外、皆同じような表情で固まってしまった。

私も口がぽかんと開いていた。

それからゆっくり、アージット様の表情が怒りに染まる。

「シュネルの意思を無視して、か」

「それって、その王子に追従しているように見せて、シュネル様を殺そうとしていますよね？」

本人の意思を無視して、抑圧した環境に置く。それはつまり、自由を好む風属性の精霊の守護を外して殺そうとしているとしか思えない。

ゾワッと、怒りが皆から吹き出したようだった。

それを慌てて止めたのは、シュネルさんだった。

「困ったことに、それを意図していた人間はあくまでもその派閥の数人だったんだ！その他大勢はただあの王子のご機嫌取りをしていただけ！」

「え？」

「風の精霊達が確認してくれたから、間違いないんだ。頭の痛いことに」

「え？　本気で、その王子のご機嫌取りのためだけに？」

「あのな、精霊の特性とか常識的な知識として知っているの、この国の人間くらいだから。カランコヤの人のほとんどが、『シュネルは、精霊の守護を得て幸運にも病が完治した』って認識だったよ。この国出身だった針子の師匠が精霊知識を教えてくれなかったら、僕自身ですら……」

「あー、そうですね。私達魔族の国や精霊に関係深い種族の国ならばともかく、人族主体の小さな国ならば……治ったと、勘違いしますね」

最初にエンデリアさんが、怒りをおさめて言う。

「うん。そーですねぇ、陸人族だと、土属性の精霊の特性しか……って、偏りありましたねぇ。物作りに特化するタイプの陸人族は、全属性勉強するようですが」

ミマチさんも、何か思い出すように補足した。

えっと？　魔力過蔵症って、魔力を溜め込んで体が耐えられなくなって死ぬ……遺伝病なんだろう。

守護精霊《しゅごせいれい》はその溜め込んだ魔力を、自分自身で使えない本人に代わって外へ出したり使ったりして、調整してくれているから、シュネルさんは生きている。

ん？　？　？

「勘違い？」

え？　勘違いする所ある？　精霊が守護して魔力を調整してくれているから、病が脅威じゃなくなったんだよね？

だったら、もし万が一精霊が気に入らなくなってどこかに行ってしまったら、また病気が酷《ひど》くなるってことも分かりそうなのに……？

この場で何だかよく分からない状態になっているのは、私とアージット様と料理人のミジットさんだけだった。

生まれた時からこの国にいて、この国の常識しか知らないメンバーだった。前世は精霊なんて、物語の中の存在だったし。

「ユイ様、つまりですねぇ。精霊のことをよく知らない人達は、精霊の守護を得た！　凄い！　よく分からないけど、精霊パワーで治らないはずの病が治った！　凄い！……くらいの認識だったんですよ」

私とアージット様とミジットさんは、ミマチさんのおおざっぱすぎる説明に、開いた口が塞《ふさ》がらなかった。

◆

「病のせいで、けっこうな数の男性が亡くなったり働けなくなったりして、上層部の貴族があまり資格のない……後継ぎとしての教育がまだちゃんとされてない者達に入れ替わったせいもあるけど……」

シュネルさんのため息は重い。

えぇ？　それにしたって、精霊に関心なさすぎない？

こんなに可愛《かわい》い、素敵な存在なのに……あ、見えるのは魔眼の持ち主だけか。

「権力の大規模な入れ替わりか。確かに王子は王の才能はあるんだな。シュネルに関すること以外は、それらの混乱を収めたのだろう？」

「僕の、と言うか、僕の家に関すること以外だね。僕が精霊の守護を受けたからか、彼女……いや彼？　のおかげか、周りもかなり精霊の守護を得てね。病の被害をほとんど受けなかったんだ。だからよけいに目を付けられて、精霊をよこせとか言い出すバカも現れるしで、もう国にはいられないなって」

「う、わぁ」

ロダン様の屋敷のことを連想した。シュネルさんの周りの人達も、本当に良い人達だったのだろう。反面、王子の方は好きな人のこともその家のことも庇《かば》わないで、悪意はなくとも追い詰めて……すごく勝手な人だなと腹立たしくなる。

「指名手配がかかっているかもって、それでか」

アージット様も重いため息をついた。前王としてシュネルさんの故郷のことを、他人事と軽く聞くことはできなかったらしい。

「弟や友人達の援助を受けて逃げ出したのが、数年前。旅に出て冒険者として活動しながら針子の職を探したけど……まぁ、どこの誰とも知れない男に、女性の、それもドレスなんて頼まないよね」

そうなってから、僕は針仕事の中でもドレスを作るのが好きなのだと気づいたんだ、と、シュネルさんは遠い目をしたまま呟いた。

「針子の師匠から、この国の加護縫《かごぬ》いのヌィール家のことは聞いたことがあったから、もし当主が師の言っていたようなまともな方だったら、そこに雇われればドレス製作にも関われるかなって」

「あれの兄の方か？」

「それでこの国まで来たんですね～。そしたらヌィール家はまともじゃない方の弟が継

第五章　弟子入り

承していて、でもいちおう腕前を確かめようとしたら、あんな底辺も底辺だったと」

「今は師匠の双子の姉を捜していた。師は、子供に恵まれなかった親戚の行商人の家に養女として迎え入れられて、カランコヤで旦那さんと出会って嫁入りしたらしい。姉の針子のセンスは自分より上だったと言っていたしね。でも幼かった師は姉の名は覚えていても元の家の名は忘れていて手詰まりだったんだ」

「そこにユイが……ユイの縫った服を着た俺が現れ、呪いになりかけの祝福物《しゅくふくぶつ》やら迷宮産武器の改造やらの道を示されれば、弟子入りを希望するのは当然か」

なるほど。私は頷いてシュネルさんの手をとった。

うん。シュネルさんも、私のようにアージット様やアムナート様の庇護下《ひごか》に入るといい。

恩も売れるしね！

「弟子入り、うけます。かわりに、私達に、力、かしてほしい！」

「詳しい説明は俺からしよう」

こうしてシュネルさんは私の弟子兼国布守《こくふもり》様救出のメンバーに加わることとなったのだった。

幕間

蜘蛛の魔物

何がおきたのか、分からなかった。

お父様がかっこいい男の人を家に招待した。

騎士のロミアーシャ・ノンア様よりほっそりされていて、少し垂れ目で優しく微笑《ほほえ》んでいる雰囲気《ふんいき》が、お忍びの王子様みたい！

平民の冒険者だなんて、信じられない！

私、騎士のノンア様のようなガッチリした方よりも、細身の殿方のほうが好みなんだもの。

そわそわして、お近づきになりたくて、お父様に大事な話があるからと追い払われてしまったけど、外へ散歩に行くふりをして、お父様の執務室を窓越しにそっと覗《のぞ》いたの。

カーテンが閉まりきってなくて、窓の端から室内が見えた。

お父様と、お父様の大きくて立派な蜘蛛《くも》と、その世話役……蜘蛛置きの汚い人が見えて、ちょっとずるいって思った。

あんな素敵な人の前にあんな汚い人を出して、良いのかしら？

もしかしてあの素敵な人も、貧相なお姉様を欲しがったカロスティーラ・ロダン様のように、蜘蛛置きとしてしか価値のない汚い人が欲しいのかしら？　そう考えて不快になる。

肩の蜘蛛を見る。私の蜘蛛もかなり大きくなった。

最近、肩が重いのだ。

もし蜘蛛置きを新調するなら、私の分も頼めないかしら？

どうも私の周囲では、私が加護縫《かごぬ》いができる特別な存在だって認識が薄いみたい。

蜘蛛置きがあれば、重い蜘蛛をどこにでも連れて行けるから、きっと私に注目するはずよね？

楽しい思いつきに心が弾んだ時だった。

あのかっこいい男の人が、部屋に通されて……。

蜘蛛置きが絶叫した。

お家の外なのに、外から中の音が聞こえるはずないのに、蜘蛛置きの、女の人の声が、何で聞こえるの？

【あァア！　ワたしのアナた！　やっと、ヤッときてクレたノね！】

男の人が不快そうな顔になって、蜘蛛置きが目当てじゃないって分かって嬉《うれ》しくなっ

たけど……足がガタガタと震える。なぜだろう？　蜘蛛置きが、こわい。

「それで、新しい精霊《せいれい》の力が欲しいということでしたね？」

「ああ、コレはもうダメだ！　最近力を宿した糸をちっとも出さない！」

お父様が蜘蛛置きを蹴る。

どうして、お父様も男の人も、平気なの？

こわくて、こわくて、足だけじゃなくて、全身が震えだす。

「あいにく現在は手持ちがないのです。この国に入るために手持ちは手放したので。まあ前にそれを連れてきた時にも言いましたが、まったく忌々《いまいま》しいことに、この国の出入り時に精霊を拘束していた呪術は解けてしまうし、国境警備隊には目を付けられてしまう。困ったものです」

「だとしても、この国内なら精霊などいくらでも捕まえられるだろう？　貴様がこの国に入ってしばらく経《た》つというのに、まだ手持ちがないのか!?」

「仕方ないでしょう？　大物を見つけたのです！　彼が手元にあれば、ソレよりも使い勝手よく大きな力が手に入る！　ただ、相手が男でなかなか私の勧誘に応《こた》えてくれなくてね……そこでヌィール家ご当主の伝手を借りたいのですよ」

「コレとは違う、ちゃんとした精霊付きか！　なるほど……奴隷《どれい》にしたいのか？」

お父様と男の人の会話は聞こえるのに、うまく理解できなかった。

だって、蜘蛛置きが、ゆっくり、顔を上げたの。

目から血の、涙を流していて、目が、目が……人の目じゃ、なくなってた。

白いはずの所が、黒くて、目が、濁った赤で、蜘蛛の目だった。

そして口が耳まで裂けて、よだれを垂らした牙がむき出しになっていった。

肩が重い。肩が重いの。

体が震えて、動いてくれなくて、肩の蜘蛛が見られない。

助けてって、叫びたいのに、声が出ない。

まるでお父様やお母様やメイド達がこわかった昔のよう、だった。

昔と違うのは、私のまわりには、誰もいない。

いつも助けてくれた、お姉様が、いない。

ぎゅっと抱きしめてくれた、お姉様が……お姉ちゃんが、いない。

蜘蛛置きだった人の腕が大きく弾けて、部屋の半分に届くくらい大きな蜘蛛の脚になって、それで……。

お父様と男の人は、その脚の近くにいたのだ。

二人は蜘蛛の脚になった女の人を振り返って見たと思う。

そして見ることしかできなかった。

「ギャ」

汚い音をたてて、男の人の頭が、女の人の口の中に消えた。

お父様は間近で見てたのに、何が起こったのか分からなかったみたいな顔をしてた。

私も、何がおきたのか、分からなかった。

ただ、こわいことがおきたのだとしか。

肩が重くて、痛かった。

私の蜘蛛の脚が、女の人に同調するみたいに大きく伸びていた。

そして、私の肩や腕に、爪を、爪、爪なんて、なかったはずなのに、爪が食い込んで
……。

こわい、こわいよ、お姉ちゃん、どうしよう、私、お姉ちゃんの教えてくれた良い子になれなかったから、罰《ばち》があたったんだ。

ご、ごめんなさい、お姉ちゃん。

「助け、て、お姉ちゃん」

幕間　蜘蛛の魔物

その時私の手首が輝いた。

やっぱり、何がおきたか、分からなかった。

蜘蛛を連れている時は、なんとなく着けてしまう、引き離されたばっかりの頃にお姉ちゃんが、お姉ちゃんのもらったばかりの蜘蛛の糸で、こっそり作ってくれたミサンガって腕輪が、光って千切れた。

魔力なんて宿ってない。ただの、きれいな紐《ひも》だったのに。

光に当てられて、私の肩から、私の蜘蛛だったモノが弾け飛んで、腕輪と同じように千切れて転がった。

プチッて、私と蜘蛛の繋《つな》がりみたいなモノが切れたのだけが、分かった。

私は倒れて、手足の千切れた蜘蛛と同じように地面に転がった。

あの蜘蛛と繋がりが切れたせいなんだと思う。

それからすごくすごく眠くなって、まぶたが落ちていく。

……私、助かったんだ、お姉ちゃんが助けてくれた。

私は、お姉ちゃんを見捨てたのに……。

ごめんなさいお姉ちゃん、ありがとうお姉ちゃん。

目が覚めたら、私、お姉ちゃんが教えてくれた良い子になろう。

私、私、お姉ちゃんから引き離されてから、ずっと拗《す》ねてたんだ。
本当は、お父様もお母様もいらなかったの。
お姉ちゃんだけ、私の側にずっといて欲しかったの。
お姉ちゃんが一番好き。
だぁい好きなの、本当よ？
それだけは、覚えて、いたい、なぁ…………。

第六章　一般人のつもりだった関係者

「馬車での行き来は今日が限界だから、かなり混《こ》んでるなぁ」

王都へと向かう馬車の中。

御者《ぎょしゃ》のゴゴールは道の先を眺めて愚痴を零《こぼ》す。街道の長い一本道には隊商や旅人の乗った馬車が何台も並んでいた。

「王都方面はこの道だけですしね」

「少し雪が降ってきましたな」

「……この分だと、夜には吹雪《ふぶき》になりそうです」

少し馬車を馬まかせにして、ゴゴールは防水の上着を羽織る。

「お二人は、寒さは大丈夫ですか？」

主人のロダン様の付き合いで、ゴゴールはストールのことを昔から知っている。鎧《よろい》は動いていない時かなり冷えると、昔彼女が零していた。以前ならば防寒用マントでモコモコになっていたのだが……。

「……心配ない、ユイ様に鎧を目覚めさせて頂いたから、暑さ耐性も寒さ耐性もついているのだ！」

荷台の中から身を乗り出したストールはなぜか今更その効果を実感していて、雪に手を伸ばして感動していた。

「ストール様は大丈夫そうだが……センリは寒がりだったよな？　一昨日は家の中でも毛布にくるまってたじゃ……」

　ゴゴールは振り返って、言葉を切った。

　ふわふわと空中に浮いている、色っぽい人外の男にニコッと微笑《ほほえ》まれたからだ。

「雪は降ってきましたが、それほど寒くはないですぞ？」

「実体がある精霊《せいれい》付《つ》きに、余計な心配だったな」

「アハハハ、はぁ」

　センリはカイリを見上げて、ため息をついた。

　ユイの作ってくれたデザインのおかげで腰布だけの状態ではなくなったが、それでも美形の精霊にまとわりつかれているのは結構大変らしい。

「まずは、私の両親のもとへ、ですな」

「ミカン農家だったよな？」

「はい。人里離れた山の中ですな、昨日地図で示した通り」

「しかし、ここからはそう遠くない。ゲート修理のための道具？　を受け取って、王宮に……一週間くらいかかるか？」

「いえ、この街道から離れれば、二日で王宮に行けますから、四日ですね」

「いやいや、家までの道、険しいですぞ？　付近一帯は冬の気候ではないですが、それでも山ですからな？　山岳地帯ですからな？」

ストールが計算したより三日も早い行程に、センリは疑問の声をあげた。

「ああ、うん。それなんだが……俺、捨て子でな、俺の育ての親、たぶんお前の祖父母」

「「はぁ!?」」

ゴゴールは遠い目になった。

「といってもミチナガ様とリオウ様に拾われて育てられた子供、けっこういるから、そんなに珍しくないぞ？」

「そういえば祖父母が昔、他国で児童養護施設を経営していたという話は聞きましたな……」

「お二人が故郷に帰られる前、最後に育てられたのが俺だった」

センリの両親は新婚だったから、すぐ独り立ちしたし。娘が産まれたとは聞いたけど名前も聞いてなかったしな、とゴゴールは呟《つぶや》く。

「もしや、両親がメイドになりたいといった私に、ロダン様の所を薦めてきたのは……」

「俺から話を聞いたからだろうな。しかし、甘やかしたり甘えたりしないように、俺達には黙っていたんだろ」

　センリはゴゴールを見つめる。何度もお世話になっている青年は、自分とさほど年が離れていないように見える。

　もしかして、村での話で出てきた両親の弟というのは……。

「凄《すご》い冒険者になって、村から出て行った叔父《おじ》さん？」

「それは、俺の一個上の、兄さんだな……今はどこにいるやら」

「そ、う、ですか……」

　怪力を認知されてから勝手に比べられてきた存在とゴゴールは違う人物だと知って、センリは少しほっとした。

　その人物を目の前にしたら、理不尽な八つ当たりをしてしまいそうな、そんな自分が嫌で。

「話はそれだけど、あの山一帯は魔法がかかっていてな。実はカミオカの人間専用の抜け道があるんだ」

「はあ!?」

「センリは村馬車でしか出入りしたことないだろう？　カミオカの人間なら、徒歩で麓

まで一五分もかからないぞ？」

「え？　あの険しい崖は？　吊り橋《つばし》は!?」

「ああ、村馬車だと大変だよな。俺の操っている馬車なら、すぐ着くぞ？　ストール様は麓で少し待ってもらうことになりますが」

ゴゴールは少し考えて、「いや、やっぱり脇道を徒歩で行った方が早いか」と呟いた。

「ストール様は麓で馬車と一緒に、少しだけ待ってもらえますか？」

「それはいいが、魔法……って、規模ではないのでは？」

「そうですか？　俺、リオウ様の魔法しか、まともに見たことないからなあ」

「祖母の魔法ならば、不可能ではないのですな……」

三人は同時に、ため息をついた。

「神様の関係者か。ミチナガ様とリオウ様だもんなあ、納得」

「神々の関係者って、ある意味ゴゴール殿も入ってませんか？　ゲートの資格はないようですが」

「まだ私の祖父母やら父の素姓が、飲み込めてないのに！　新事実発覚が多すぎですな！」

◆

ストールは山々の麓から、オレンジ色の山を眺めていた。

ここからかなり遠いことが、目測でも分かる。

オレンジ色の山頂付近より中腹寄りに少しだけ建物が立っていて、小さな村があることが分かる。ユイの力で強化された鎧は寒さや暑さへの耐性だけではなく、視力までも向上させていた。

以前の鎧も、視線を通さない作りでありながら視界を遮らない力が働いていたが、今の鎧はそれに加えて見たいものをたやすく映し出してくれることに、ストールは最近気がついた。

もちろん、限界はある。

だから道脇の草むらに入った二人と半精霊カイリの姿は、すぐに見失った。

ゴゴールの操る馬車は、渋滞に悩まされながらも予定通り二日後には街道沿いを脇道に逸《そ》れて、山を登るための道へと入ってきた。

そこで馬車を止めて、

「それでは行ってきます」

「ええ？　本当にここから行くのですかな？　うわぁ」

とストールを置いて行った。

草むらをかき分けていくなんて、獣道があるのかも怪しい。けれどそこに、先ほど話していた山へと向かう魔法の抜け道があったのだろう。

ただ、抜け道などと言ってしまうと簡単に聞こえるが、その力はストールには計り知れないものだった。

厳密に言うと、魔法にはいくつかの種類がある。

精霊の力を介した精霊魔法と、自分の魔力と世界への関与力だけでおこす魔法。

両方を使って何とか執行する魔法が、魔術と呼ばれている。

ほとんどお伽話《とぎばなし》だが、その昔世界には精霊が今のようにしっかりと存在していなかったらしい。

関与力だけでおこす魔法しかなく、それなのにだんだんと関与力は人々から消えていって、大きな魔法が使えなくなっていったらしい。

そして魔法は魔物退治において重要な戦術の一つだった。魔法がほとんど使えなくなった人間達はやがて、襲い来る魔物に対抗する術を失い、どんどん数を減らしてしまった。

だが世界のバランスが崩れた時、新たな神の一柱が人間を救うべく、不安定で希少な存在だった精霊を、この世界に定着させた……と。

ゴゴールが言うには、センリの祖母はその関与力が強かったらしい。

とはいえ魔術師と関わったことがないゴゴールにとっては、魔法の基準がセンリの祖父母達になってしまう。

彼らの持つ力がどれだけ強力なのか、正確には分かっていないだろう。

ミカン山と可愛《かわい》らしく呼ばれている山は、その実全く可愛らしくない山岳地帯の一つなのだ。

反対側からは、険しいものの通り抜けられる程度の道が作られている。逆にこちら側から山を登ろうとするのは、はっきり言って難しい。

ほとんどの道が厳しい傾斜の坂道なうえに、岩肌も険しい崖がいくつもそびえ立っているのだ。

そこを簡単に、しかも身内だけが行き来できる魔法？　しかも魔法を執行した本人はもうこの場にはいないのに、ずっとかかったままだなんて信じられない。

「一体、何者なのでしょうね……？」

神々に頼まれ事をされて、その役目を娘夫婦に託し故郷に帰ったというセンリの祖父母。

ユイが『ガイド』というゲート関係者？　に、一時とはいえ拘束された原因の、当たってしまった『資格』の推測。

神々に関係しているらしいセンリの『資格』と、センリからは全く推測できないユイの『資格』も、気になった。

それがユイ様に危険を呼び込まなければ、良いのだが。

そうストールが不安を抑え込んでいると、突然、視界にユイの姿が広がった。

見知らぬ男と、楽しそうになにやら紙に描き込んで話しあっている。

ふいに、目前に精霊の顔がいっぱいに映り込んだ。

一見して分かるほど、かなり、高位の精霊だ。

「え？　精霊？」

ぞわりとストールの背筋が震える。

見えないはずの精霊が見え、その精霊に見返されている！

いや、そもそも、なぜ、ユイ様が、ここにはいないはずのユイ様が見えた？

疑問と恐怖が彼女の脳裏をよぎった、その瞬間。

パチンと軽い衝撃がはしって、ストールの目の前が真っ暗になった。

◆

「ほ、本当に抜け道があったのですな……」

ゴゴールの先導で山を抜けたセンリは、驚きのあまりポカンと口を開けてしまった。

「だから言ったろ。まあ結局麓までは馬車が必要だから、俺がいないときは使えないかも知れないけどな」

二人が出てきたのは山の中腹に広がるミカン農園の端の方。

鮮やかな果実がなっているその見慣れた光景に、センリは少し懐《なつ》かしさを感じていた。

「家はあっちだな」

「あの、抜け道、消えているのですが……」

センリが振り返ると今来た抜け道が消えていた。

あの抜け道が魔法によってつくられたということを痛感する。

「麓へ行きたいと思いながら、林に入れば繋がるから大丈夫だ」

「大丈夫と言われましても……」

二人はミカンの間を歩いて行く。

しばらく歩くと、農園の中に一軒ポツンと家があるのが見えてきた。

そしてなぜか、家の前にはすでに人影が立っていた。


「おかえりなさいです、ぞ」

二人を出迎えたのは、よく見れば驚くほどの美形なのだが、不思議と目立たない印象の青年だった。顔立ちはあまり似ていないものの、髪や目の色はセンリと同じ……金に近い茶色の髪と、黒に近い茶色の目をしている。

彼はセンリの父、カンエである。

そしてカンエの隣には、人形のような美しさの少女がいた。

正確には少女ではない。

陸人族《りくじんぞく》の血が入っているような童顔の女性、センリの母、マリである。

長い黒髪に黒曜石《こくようせき》のような目の美少女で、柔らかな象牙色《ぞうげいろ》の肌が目を引いた。センリは両親と全く似ていないことがコンプレックスだった。

よく村の他の子供達にも、捨て子だの貰《もら》われっ子だのからかわれたものだった。

祖父母の姿を見て、自分は祖父似であることが分かって安心したことが、ゲートを飛んでしまった一番の収穫だろう。

「た、ただいまですな。えっと、どうして出てきているのですかな？」

「マリさんが、出かける支度をしておくように、といったのです、な」

カンエが言うように、傍らには荷物を詰めたカバンが置かれている。

突然やってきたのにどうして……と、センリは母の勘の良さにうなだれた。

「それより、早く王宮へ向かった方がいいわ」

「何か、よくない気配がするのです、な」

「よ、よくない気配？」

「まぁ、準備ができているなら早速ストール様のところに戻ろう。あまり待たせるのも申し訳ないからな」

「そうですな……」

こうしてセンリにとっての久しぶりの帰省は、わずか一〇分で終わったのだった。

◆

待たせているストールと合流するために戻ってきたセンリとゴゴールは、驚きの光景に出くわした。

馬車の側で、姿勢良く二人を見送ったストールが、体を投げ捨てられたかのように倒れていたのである。

ゴゴールとセンリは慌てて倒れている彼女に駆け寄った。

「す、ストール様っ!?」

「ストール殿！」

真面目《まじめ》な彼女が、離れた十数分で寝転んでいるはずがないからだ。

ゴゴールは馬車の周囲を早足で見て回り、異常ないことを確かめた。

「誰かに襲われたわけではなさそうだが……」

「センリ、揺らしてはダメです、ぞ」

「父さんっ、だってっ」

「マリさんに見せるのです、な」

カンエはそう言うと、抱えていたマリを開けたスペースに座らせる。

マリはストールの口元に手をかざし、それから鎧兜《よろいかぶと》をとろうとした。

「あっ！　母さん！　ストール殿の鎧は、婚姻《こんいん》まで異性の前では脱がない家訓が！」

「そう」

ほとんど表情を動かさないマリは、センリの言葉に手を止めて、そっと鎧を撫《な》でた。

そして、カイリを見上げる。

「精霊王と同じ気配が、残っているわ」

「えっ⁉　カイリ、何かしたのですかな？」

「……して、ない」

プクッと頬《ほほ》を膨らませたカイリは、空中からストールへと手を伸ばした。

鎧の額部分に、ちょんと指先で触れて原因を口にする。

「……鎧の精霊が、気絶している」

「属性の大半が大気系の子のようです、な。この鎧の精霊を気絶させるなら、相手はたぶん風の精霊王です、な」

「大気系の子なら、千里眼が使えるはず。この娘の望むものを見せて、その先に風の精霊王がいたのでしょうね」

「母さん、ストール殿は……」

不安そうなセンリに、カイリが先に答える。

「……無事」

「そうね、鎧の子のとばっちりで気絶しているだけ」

「そう言えば、アージット様が風精霊の守護持ちの冒険者を一人知っていると言ってたよな？」

「ですな」

ゴゴールとセンリは顔を見合わせ、安堵《あんど》の息を吐いた。

「ストール殿が見たいと望んだ相手は、ユイ様ですな？」

「メイド長……エンデリア様がついているし、ルゥルゥーゥさんもいると言っても、残してきたのがミマチさんだもんなぁ」

「私としては、意外とユイ様自身がしっかりミマチ殿を扱っているように思えますがな」

「ああ、うん。ミマチさんの言動にまったく動じないものなぁ」

「センリのお仕えする方です、な？　闇の精霊王の守護持ち……風の精霊王の守護持ちも引き寄せたのなら、人材運も良さそうです、な」

「カンエさん、この鎧の子の主人は、人材運的なものは普通ね。どっちかというと、前国王様の人材運かしら？　まぁ、ゴゴールさんの主人にはかなわないけれど」

マリは夫の腕の中に戻されながら、クスクスと品良く笑った。

「母さん、目の前にいないユイ様の『ステータス』を、どうやって見たのですかな？」

ゾクッと背筋を震わせて、センリは父カンエの腕に抱き上げられた母マリを見上げた。

「怖い顔、しないの。だって鎧の子、生涯の忠誠を針の子に誓っているでしょう？　繋《つな》がりで、軽い星廻《ほしまわ》りは見えるわ。ゴゴールさんの主人、人材運だけで大国の王にもなれそうな子と、それに並んでいるけど、ちょっと恋愛的な女性運だけ巡りが悪い前国王の庇護《ひご》下にいるから、彼女に力が集まったように見えるだけね」

マリはセンリの鼻先をちょんとつついて、空を見上げた。

「そろそろ出発しましょう？　ほらセンリさん、鎧の子を荷台に運んで、寝かせてあげなさい」

「雨がきます、な。ゴゴールは雨天装備を」

雨がくるというカンエと頷《うなず》くマリに、二人は慌てて準備をして、そこから出発したのだった。

「……まって、ロダン様、人材だけで大国の王になれちゃうの？」

出発して、少し落ち着いて……ゴゴールは、屋敷の人材のスペックを思い出して、眉《み》間《けん》を押さえた。

ゴゴールは御者なので、ロダンに仕える人材達の出身地や種族をほぼ把握している。

能力、血筋、種族とハイスペックな方が山盛りなのだ。

「大丈夫。ゴゴールさんの主人自身が望んでないし。彼の人材運を分かっていて、この国の前国王も国王も危険視してないから。前国王も国王も、人材王の子の運の内側だし」

「あのです、な、ゴゴールとセンリは周囲の人材の中で、自分が一番普通と思っていそうですが、な？　ミチナガ様とリオウ様の養い子や、ミチナガ様とリオウ様の孫で、私達の娘が、人材的には一番ヤバいですから、な？」

「「え？」」

第七章

聖樹

ヌィール家の屋敷にて。

アムナートは、炎の茨を張り巡らして……その茨越しに内側の人達を見た。

騎士団長のロミアーシャ・ルルア、その隣には婚約者のハーニァ、その斜め後ろには老執事ウェルスが控えている。

そして、ミカン農家の夫婦、カンエとマリが見事な白い刀と黒い刀を自分達の背後――何もないはずの空中――から引き抜いた。

アムナートの隣には、ロダンの上司で文官長の女性、カミオカ・カヤナが車椅子に座ってミカンの枝をふりふりと振っている。

「皆様、頑張って～」

少し気の抜ける見かけ老女の応援に、カンエとマリ夫婦がひらりと手を振り返して駆けていく。

「行ってきます、アム」

「気をつけて、ハーニァ」

笑顔でその夫婦に続いて行ってしまう恋人や部下達の無事を、アムナートは祈ることしかできない。

魔術顧問のミシュートゥ・トルアミアは、ゴゴールの操る馬車で更に四方にミカンの枝を突き刺しに行っている。

ヌィール家で蜘蛛《くも》が完全に魔物化してしまうと予知したマリの指示で、呪いと戦うメンバーの何人かが駆り出されていた。増殖する蜘蛛の子に取《と》り憑《つ》かれない人間として、蜘蛛の子が散らばらないように防げる能力持ちだけがこの土地にいる。

ヌィール家を見張らせていた影の者には、下がってもらっている。

相性が良すぎて取り憑かれやすい……言い換えればいまいち魔物に対する防御力が足りないと外された影達に、老執事ウェルスはにっこり微笑《ほほえ》んでいた。この件が終わったら彼らには地獄の特訓が待っているだろう。

未《いま》だ気絶したままのストールと、戦えないセンリはもちろんいない。カイリは魔物に対抗できるだけの力を持っているが、センリから離れる気はまったくなさそうだった。

ロダンと副騎士団長を側に付け王宮で待機だ。

センリは今頃、母から託されたゲート調整用の幻想宝具《げんそうほうぐ》を抱えて、ガクブル震えているだろう。

「本来ならば、俺も前線で戦いたかったのだがな……」

アムナートは未練の残る声で呟《つぶや》いたが、自分に与えられた役目を果たさなければ、と気を引き締め直したのだった。

◆

アムナート達がヌィール家の蜘蛛と相まみえる少し前。

神々から、ヌィール家始祖《しそ》の蜘蛛の解放を依頼されているという夫婦は、意識を失ったままのストールの代わりに途中でロダンを連れてきた。

二人は王宮に着くなり顔をしかめた。

「呪いの気配です、な」

「ここで呪い、しかも国布守《こくふもり》。ヌィール家の蜘蛛と影響しあっているわね」

「ヌィール家周辺の土地が、汚れていたから、国布守殿が簡単に呪われてしまったのです、な」

ぱちぱちとマリはまばたきを繰り返して、黒い瞳を青白く発光させた。

「母さん？」

「スキル【星見《ほしみ》】」

両親のことを、容姿以外は普通のミカン農家だと思っていたセンリは、母親の気配、目の変化、口にした有名すぎる『スキル』という単語に気が遠くなって現実逃避したくなってしまう。

スキルとは、生まれつき、あるいは特殊な経験などによって後天的に身につく特殊能力のことである。

魔力を使わずに魔法のような現象を起こすものと、『スキル』と宣言して少量の魔力で神の手のような現象を起こす二つのタイプがある。

とはいえほとんどの人がスキルなんて持っていないし、仮に生まれつき持っていたとしても他人の能力を鑑定できるスキル持ちから教えてもらわないと、自覚することすらできない。

稀《まれ》に、自力で自分に宿るスキルを発現させられる天才もいるが、それは本当にごく一部なのだ。

「父さん、星見ってなんですかな？」

「可能性の高い、近未来視です、な」

「母さん、鑑定以外のスキル、いくつ持っているのですかな？」

珍しくて重宝される鑑定のスキル持ちであることは、元々知っていたが、それもミカンの糖度を見分けるくらいのものと思っていた娘の疑問に、父親はにっこり微笑んで……答えはくれなかった。

センリは両親の規格外さに、更に気が遠くなる。

「……聖樹《せいじゅ》がいる」

目の発光を消して、マリは呟いた。マリの呟きに、カンエはロダンを振り返って見た。

「ロダン殿、あなたの上司のカヤナを呼んでもらえますか、な？」

「カヤナ様をですか？　……そういえば、カヤナ様の家名はカミオカでしたね。もしかしてカンエ殿とカヤナ様はご親戚なのですか？」

「カヤナは義父と義母が引き取った養子で、マリさんの義妹にあたります、な」

ロダンは、見かけ八〇過ぎの老女でありながら四〇前という上司と、まだ少女にしか見えない四〇過ぎのマリとの関係に、ちょっと現実逃避したくなったのだった。


アムナートは、文官長を務めている生まれつき足が悪いという彼女のことを気にかけていた。

ロダンが連れて来た、実体化した精霊《せいれい》に守護されたメイドと、神の依頼を受けているという夫婦の訪れ。その夫婦と身内だったという文官長。

突然の事態に内心頭を抱えながらも、「ヌィール家の呪いの件で話がある」と言われすぐに彼らとの面会に応じることにした。

執務のため彼女と一緒にいたアムナートは、カヤナの車椅子を押して一緒に謁見《えっけん》の間へとやって来た。

夫婦に突然呼び出されたにもかかわらず、カヤナは顔色一つ変えないままいつもの穏やかな表情をしている。

「お久しぶりです、義兄様《にいさま》、義姉様《ねえさま》」

カンエとマリを見るなり、カヤナは静かにそう言った。

しわしわな顔や体、僅《わず》か一筋緑の残った白髪は、頭の上の方で簪《かんざし》という棒で、器用にまとめられている。黒に近い緑の眼差《まなざ》しには知性がきらめいているが、だいたいしわくちゃな笑顔に細められて目立たない。前王妃《おうひ》レストラーナから見逃された数少ない上位の女性王宮勤め員である。

カヤナとマリ、カンエ夫妻が義理の兄妹だというのは理解できたが、どう見てもカヤナの方が年上だ。

そのことを聞いてみると、

「今まで隠しておりましたが、私は樹木人族《じゅもくじんぞく》なのです。樹木人族の年齢でいえばまだまだ子供なのですよ」

とのことだった。

アムナートは、まさか彼女が半精霊の種族である樹木人族であり、種族ゆえに歩けないのは当然のことだとは思ってもみなかった。

普通の樹木人族は土地に根を張って生きる種族で、生まれた土地から離れて生きる者はほとんどいない。そのため外界ではめったに見かけることはなく、巨人族《きょじんぞく》に並ぶほど珍しい種族だといわれている。

車椅子で王宮勤め、しかもわざと顔や手足を皺《しわ》だらけにして老女を装っていたカヤナが、種族としては花芽もつけていない幼女だなんて、想像もしないだろう。

アムナートが一通りカヤナについての説明を受けて納得したところで、改めてマリが声をかけてくる。

「はじめまして、アムナート王様。私はマリ、そして夫のカンエ。私達夫婦は神の依頼を受けて、ここに来ました」

この世界には、いくつか決まりがある。神が設定した決まりだ。

一つ、お金を作るスキル持ちはその力を不正に使えない。

一つ、鑑定スキル持ちは鑑定結果を偽ることはできない。

一つ、神を騙《かた》ってはならない。

だから偽金は鑑定スキル持ちでなくても皆なんとなく分かるし、神から本当に頼まれたのでなければ、「神の依頼を受けた」なんて、口にできないのだ。

「神の依頼は、始祖の蜘蛛の解放。ゲートの正常化。そのために来たのだけれど、その前にもうすぐ魔物化するヌィール家の蜘蛛を、始末しないといけないみたいなの」

　アムナートは慌てて、ヌィール家の蜘蛛が魔物化した際に戦うメンバーを呼び集めた。

「ところで、なぜカヤナ文官長を……？」

　姿形を偽り王宮での厳しい序列闘争を生き残ってきたとはいえ、カヤナはあくまで文官だ。魔物退治に、真っ先にマリに呼ばれた彼女の能力がどう役立つのか、アムナートには想像できなかった。

「実は、この国の皆さんには申し訳ないのだけれど、そもそも私は神の依頼のために王宮勤めしていたの」

　カヤナは軽く告白する。

「え？」

「ヌィール家が蜘蛛の魔物化によって滅んだら、マリ義姉様達に連絡して、ゲートの管理システムをインストールするためにね。一番重要な始祖の蜘蛛の解放は、ヌィール家の蜘蛛の魔物化で叶《かな》わないはずだったから。あの男の兄、本来ならヌィール家当主に選

ばれるべきだった最後の良心が殺されてしまって、ミチナガ義父様《とうさま》とリオウ義母様《かあさま》が諦めたから、情報が入りやすい王宮に私は入ったの」

「蜘蛛の魔物化……」

「まさか、始祖の蜘蛛様を目覚めさせて、ちゃんと解放させてあげられる方が現れるなんて、ミチナガ義父様もリオウ義母様も、予想もしなかったのね。だから私も困っていたの」

「本来なら、ヌィール家が滅んでその知らせを得たカヤナが死んだふりして、身内の私達が遺体や私物を引き取りに来たついでに神の依頼を済ませる予定だったのよ？」

「待ってください！　今、カヤナ様に抜けられると、文官の私達が死にますっ！」

ロダンの悲鳴に、アムナートも深く頷《うなず》いた。

「アムナート様が王になられたばかりだものねぇ、いちおう引き継ぎはこっそり色々してたのだけれども、それじゃ間に合わせられないものね」

「それは置いといて。さっき、星見をしたの。カヤナの種族特性とスキルが必要なのよ」

◆

樹木人族の種族特性として、カヤナは周囲にある植物を活性化させたり、豊穣《ほうじょう》能力を持つ者の力を底上げしたりすることができるのだという。

アムナートの出した炎の茨も、カヤナによって補助されたことで、ヌィール家を完全に囲い込めた。

本来ならばアムナートも、前王妃レストラーナの呪い魔物化戦に備えて経験を積むため、戦闘に加わるはずだった。だがこれもマリからの指示で、増殖する蜘蛛の魔物を外部に逃がさないための砦《とりで》をつくることになった。

もし魔物化する蜘蛛が元ヌィール家当主を最初に取り込んでいたら、ここまで大掛かりな砦をつくる必要はなかった。

しかしマリがスキルで視《み》たのは、違法の奴隷《どれい》女性が蜘蛛と同化し……その女性の性格と前王妃レストラーナの性格が似ていたことによる呪いの共鳴によって、彼女が執着している男を取り込んだ瞬間に高位の魔物化、そして単体増殖が始まってしまうというものだった。

もし一体でも取り逃がせばそれがどこかで増殖して、大惨事《だいさんじ》になる。

不意に与えられた重責にアムナートの顔は自然と厳しくなる。

「安心してくださいアムナート様。あの人達に任せておけば大丈夫です」

「そうは言うが……」

その時。


「あ」


気のせいか空気が揺れたのを感じて、アムナートは遠くに見える屋敷の屋根の方を見た。

「始まりましたわね」

「あぁ」

「ゴゴール達は間に合ったみたい、アムナート様、土地の汚れを抑え込みますよ」

「頼む」

カヤナは地面にミカンの枝を突き刺した。

「コレはよい枝、ミカンの枝、神の造りし、聖樹の枝」

歌うような彼女の声に、枝は地面に根を張り、幹を太く長くしだす。

「コレはよい木、ミカンの木、オコタにミカンが欲しいから、神が造りしミカンの木」

カヤナは大きくなっていくミカンの木に、ぶら下がって歌った。

その声に応えるように、木は、バキパキ、ギチッと音を響かせながら、更に枝葉を茂らせた。

いつの間にか彼女の足は木と同化していて、アムナートは彼女が本当に樹木人族なのだと実感した。

カヤナはぶら下がるのをやめ、振り返って幹に背を預けて……皺のない若くて美しい顔をさらす。

「私は善い木、ミカンの木。本当はカヤの木だけれども、ミカンに宿ることを許された、私は善い木、聖樹の木！」

カヤナとミカンの木、周辺から地面がキラキラと輝いて……アムナートは直感的に「今」だと分かった。

「豊穣の王アムナートが願う！　聖樹よ、土地を清め賜《たま》え」

膝をついて祈る。

地面の輝きが、一気に四方へ伸びた。

そして、カヤナは最後の詠唱《えいしょう》をそっと囁《ささや》いた。

「スキル【聖樹化】」

と。

◆

「あ、祝福物《しゅくふくぶつ》が発動してた。確率半分を拾ったみたい」

マリの言葉で、その視線の先で子供が倒れているのをカンエは確認した。

マリのスキル・星見で見た未来視では、助かる確率が半分だった子供だろうと推測できた。

「鑑定、空白の子」

「ヌィール・メイリア？」

「大丈夫、この子の名前は『メイ』。蜘蛛とは契約も切れている」

追いついたハーニァに、マリは宣言した。

マリが名前を呼んだ瞬間、倒れていた子供はビクンッと震えて弛緩《しかん》した。

「え」

ハーニァはメイとしか認識できなくなった子の髪から、色が抜けていくのを見守る。

「ヌィール・メイリアじゃ、なくなった？」

灰色の髪になった知り合いは、見慣れた化粧もなく完全に別人にしか見えなかった。

「この蜘蛛、魔物化していますが、死んでますな」

同じく追いついた老執事ウェルスは、千切れて転がった蜘蛛を確認して呟いた。

千切れた紐《ひも》の残骸《ざんがい》を拾って驚く。

「祝福物、使い切りとは珍しい」

「製作者との絆がなければ、発動しないタイプです、な」

「屋敷の中から、悲鳴が……」

鎧《よろい》の音もさせずに追いついた騎士団長ルルアは、玄関の方へ向かいかけ、輝きだした地面に驚く。

来た道を振り返れば、どこか貧相な林の先に、大きく青々とした大樹が見えた。

「お伽話《ときばなし》の世界のようだ」

「さすがカヤナさんのスキル、凄《すご》いわね」

「あれが、聖樹……」

聖樹のあまりの巨大さに感嘆の声を上げるウェルスの肩を、カンエがぽんと叩いた。

「この子は、執事殿がカヤナさんの所へ、預けてもらえますか、な？」

「私は、ハーニァ様の護衛なのですが」

「ウェルス、頼む。この子はもうヌィール家の娘じゃない。祝福物が発動したのなら、世界に生きることを許された子、この国の国民だ。私はまだ王族ではないが、王族になる者だ。王族なら罪なき民は守らなければ」

「この中で、私達夫婦を除いて一番蜘蛛に対して強いのは、この炎の子よ？　護衛など、いらないわ」

「そして騎士団長殿と執事殿ならば、機動力があるのは、執事殿です、な」

パリンッと近くの窓ガラスが割れ、ゾワゾワと子供の掌《てのひら》くらいの大きさの蜘蛛が溢《あふ》れ出した。

ハーニァは拳《こぶし》を打ち付けて、炎を灯《とも》す。

全身にキラキラと輝く火の粉を纏《まと》いながら、怒鳴って命じた。

「走れ！　ウェルス！」

ウェルスはハーニァの命令に、本能的に従った。

メイを抱きかかえて、飛ぶように走り出した。


「……アハ」

走りながらウェルスはその顔に、思慮深い老執事には似合わない笑みを浮かべていた。

ウェルスは執事だ。王族に仕える者、影を管理する者。

産まれた瞬間から、そうなるように育てられた者だ。

そして高い能力ゆえに、仕える相手に求める基準は高い。

ウェルスが膝をつき頭を垂れて忠誠を誓うのは、王の中の王のみ。

アージット王と、アムナート王しか、彼の目に適わなかった。

心から仕える相手を、二人得ただけでも幸せだった。生涯、惰性《だせい》の相手に仕えるしかなかった者もいるからだ。

だから、アージット王とアムナート王以外に、従うことになるなど考えたこともなかった。

「素晴らしい！　私を従わせるとは！　アハハハハァ」

ハーニァ王妃最強の守護者、元王宮執事長ウェルスは、この瞬間うまれたのだった。

◆

ヌィール家元当主、ユイの父親の蜘蛛は一人の女性と同化して、契約主の元当主も脇に取り込んだ醜い姿で、次々に新しい魔物の蜘蛛を産み出していた。

前王妃の呪いが魔物化したものと同じくらいか、それ以上に上位の魔物だった。

が、彼ら戦闘メンバーが、その魔物を目にした瞬間、それは脚をすべて切り落とされ、八つ裂きになった。

ついでに、カンエが指をパチンと鳴らして、残骸を燃やし尽くした。

夫婦の技量は圧倒的であった。

他のメンバーは、ひたすら産まれたばかりの蜘蛛の魔物を始末しただけだった。

「神に依頼される者とは、ああいう方々なのですな」

とは騎士団長ルルアの感想である。

第七章　聖樹

そして王宮の一室に、ゲートの部屋は作られた。

客間の一つで、センリ達が待機していた部屋だ。

ヌィール家の蜘蛛を始末した瞬間、始祖の蜘蛛はゲートからもヌィール家の契約からも解き放たれ、ゲート調整用の幻想宝具が発動したのである。

両親が戻ってくるまでの間だけ宝具を預かっているつもりだったセンリは、驚いて泣いた。

ロダンが落ち着かせて、温泉迷宮のガイドと同じガイドの声に従って、センリは泣きながらゲートを作った。一見何もないが、作動すれば床に光の魔法陣が広がるだろう。

もちろん戻ってきた両親にも泣きついて、文句を言った。

「預けるって！　使用権限まで預けるなんて聞いてませんがな！」

と。

一度は祖父母に任され、自分で使用するつもりだったが、神の造りし幻想宝具を見て、手にして、あっさり逃げ腰になっていたセンリである。

夫婦はセンリの行動に慣れているのか、欠片《かけら》も動じることなく、マリはガイドに直接問題ないことを確認して……センリは今更ながらに、祖父母の血縁だからゲート使用資格者になれたのなら、母マリにも当然資格があることに気づいた。

ガイドとの会話に慣れていることも。

「もしかしなくても、母さん、ゲート使用資格者ですな?」

「そうね、でもここの呪いの件に関して、これ以上協力はできないわよ」

「あー、しばらくここで、私どもの修行に協力していただくことは?」

ヌィール家で、元当主を脇に取り込んだ巨大な蜘蛛女の魔物を、あっという間に全ての脚を切り落として八つ裂きにした夫婦の腕前に、騎士団長は願う。

「駄目ね。国布守の精霊を助けたくはあるけれど、アリアドネさんはこの国に勤めている者達主体で責任をとらせたいみたいだし。それに私、出産期に入るの」

「出産?」

膨らみのない母の腹部と、出産という単語が繋《つな》がらなくて、センリは首を傾《かし》げた。

「彼、カンエさんは龍人族《りゅうじんぞく》だから、卵生なのよ。センリはお姉さんになるの」

「卵生!? いや、それも驚きですがな、母さん! 何ゆえ妊婦が戦闘をっ!?」

「戦闘ってほどのこと、してないわよ? 妊娠初期と出産期、母体は冬眠状態になってしまうし、父親は母体の面倒を見ることしか頭に入らない状態になるから、協力できないの」

「まあ、センリさんの時と一緒ね、じゃあマリさん、これから一年は眠るのね。なら確かにこれ以上の協力は無理ね」

「一年？」

センリはカヤナの言葉に、自分も卵から産まれたのかと気がついて、ちょっとショックを受けた。

ゲート使用資格者になってから、センリは自分と周りのとんでもない事実に、色々と実感が追いつかないのだ。

「妊娠してから、いつ出産期に入るか龍人族は個体差が激しいらしいの。私のスキルは自分のことを中心には見られないから、この王宮の呪いを中心に予知して、分かったの」

「あの時の星見の予知か！　とうとう産まれるのだな？」

輝くような笑顔になった父、カンエの珍しい大声に、センリの頭は揺れた。

センリだけではない。

気絶したままのストールと、カイリ、車椅子のまだ瑞々《みずみず》しく若返ったような年相応な姿のままのカヤナ以外は、皆頭を押さえていた。

すごく大きな音ではなかったのに、頭が揺れて、眩暈《めまい》がして動けなくなった。

「魔力、酔い？」

魔術顧問のトルアミアは、辛《かろ》うじて原因が分かった。

カンエの声に濃密な魔力が宿って、自分達がそれを聞くことで取り込んでしまったことを。

「カンエさん、しぃ」

人差し指を唇の前に立てた妻に、カンエは慌てて口を押さえる。

「カンエさんの大声、久しぶり。頭揺れるなぁ」

「これはもう、山に帰った方がいいわね」

いち早く動けるようになったのはゴゴールで、カヤナの指示で、庭の方の窓を開けた。

カンエは喜びを抑え切れない表情で、マリを抱き上げ弾むように窓へと向かった。

彼の目の虹彩が縦に割れ、短かった髪が背中を覆い、頭の両脇から鹿の物に似た先端部が薄桃色の角を生やして、目立たなかった時が嘘《うそ》のような存在感を振りまきながら、窓から空中に浮かび立った。

「では、私達は一足先に失礼しますね」

「え、あっ、お二人に報酬《ほうしゅう》っ！」

アムナートは揺れる視界になんとか耐えて叫ぶが、ミカン農家の夫婦はひらひらと手を振るだけで飛んで行ってしまった。

第八章

それからのこと

メイは知らない場所で目を覚ました。

瞳の色も、灰色になっていた。

今はまだ、そんなことには気づいてないし、気づいても違和感を微塵《みじん》も持たないが。

「……ここ、どこ？」

部屋はキラキラしているように感じた。

すごく疲れていて、起き上がることができない。

「わたし、わたし、あれ？」

とても、とても怖い所にいた気がするのに、どうして、こんな綺麗《きれい》な所にいるのだろう？　と、メイは不思議に思う。

「わたし、あれ？　なまえ……メイ？」

誰かが優しく頭を撫《な》でてくれたことと「いい子ね、メイ」という優しい声だけが、自分の中に残っていることが分かった。

「わたし、メイ？」

怖い所から、声の持ち主が助けてくれたのだ！

何も覚えていないのに、メイにはそれが分かった。

「おや、目が覚めたのかい？」

第八章　それからのこと

自分の中に残っている優しい声とは違うけど、このキラキラした部屋に相応《ふさわ》しい優しい女性の声がかけられた。

「おはようございます？」

「うん。おはよう。だいぶ顔色もよくなってきたね」

「わたし、わたし？　あの、わたし、メイです」

「メイ？　可愛《かわい》い名前だね。私はリーヌ、おばさんでもいいよ」

「リーヌおば様？」

「そう。メイは、魔物に襲われて運良く無傷で逃げられたけど、とても怖い目にあったから、記憶がなくなってしまったと聞いてたよ。名前は覚えていられたんだねぇ」

「わたし、あのね。頭、撫でて、いい子ねって、いい子ね、メイって」

ポロポロと涙がこぼれ落ちる。

悲しいのではない。

メイは嬉《うれ》しかった。

「わたし、全部なくしてない。大切なの、残ってる」

「良かったねぇ。ほら、まだお眠り。まだ、休んでいていいんだから」

キラキラと優しい空気の中、メイはリーヌに促されて、再び目蓋を落とした。

すごく久しぶりに、安心して眠りに落ちていく。

久しぶり？

……分からない。

魔物に襲われて？

……ううん、ずっと、ずっと怖い所にいたから、声の人が怖いのを、全部消してくれたのだ。

そして、安全な所に連れてきてくれた。

優しい手と、優しい呼びかけしか残っていないのは残念だけど、それだけでも残っていたことに、安堵《あんど》しかない。

「おやすみなさい……ゆい、おねぇちゃ……」

◆

体に残った習慣のままに呟《つぶや》いて、すやすやと眠った子供の頭を、リーヌは優しく撫でてやった。

「危険察知のスキル持ちが、あんな家で育てられて、大変だったろうねぇ」

危険察知のスキルは珍しくて、よく悪人が自分の保身の為に、欲しがるスキルだ。

大人で自覚のある者なら、スキルを上手《うま》く使って、自分に害のある悪人などは近づけさせない。だが幼くて自覚のない子供、まだスキルを扱えない赤ちゃんなどは、人さらいに狙われやすい。

更に家庭環境が悪い所に産まれてしまった子供は、危険察知によってより敏感に感じ取ってしまう恐怖に負けて自ら死んでしまうことも多い。

メイを助けたのは、ユイだ。

魔力を込める効果を知らなかったユイの作った、何の力もないはずの『御守《おまも》り』は、祝福物《しゅくふくぶつ》としてずっとメイを守っていたらしい。

ヌィール家に捕らわれていた子供が危険察知のスキル持ちなんて、ユイは知らなかっただろうが、ユイが可愛がって育てたことも、子供を守っていたのだろう。

「もう、怖いことはないからね」

その後、メイはヌィール家に飼われていた元違法奴隷《どれい》の子供としてリーヌに引き取られ、なかなかの腕前の針子《はりこ》となる。

蜘蛛《くも》を自分が持つことが恐くて、針子の乙女《おとめ》ユイの弟子にはなれなかったが、リーヌ譲りの針子の腕前はユイにも周囲にも愛され、幸せに生きたと、後の記録に残されることとなるのだった。

特別書き下ろし短編その一

雪遊びと祝福物

ひらひらと、空から白いものが落ちてきたなぁと思ったら、すぐにそれは大きくなって、視界が真っ白になった。

「雪！」

もう、三〇センチは積もっている庭に、ぴょんと飛び出した。

「きれい」

大きな白い薔薇《ばら》の花びらが降っているみたいで、ウキウキする。

「ユイ様、雪を見るのは初めてですか」

「初めて」

今世では。

「ユイ、寒くはないな？」

確認するかのようなアージット様の問いかけに、私は頷《うなず》いた。

「はい。ちょっと涼しくて、気持ち、いいです」

アージット様も私も、一応おそろいで作ったコートを着ているが、デザイン重視の薄手のものだ。

ミマチさんはモコモコなフード付きコートで、しっかり防寒している。

「ひぃ、一気に寒く！」

「寒い？」

首を傾《かし》げ、雪に触れる。

前世、雪はあまり積もらない地域に住んでいたから、こんなに降っているのを見るのは初めてだ。

そして、雪に素手で触れても、ややひんやりするくらいで、冷たさを感じない。指先も冷えたり、赤くなったりしない。

温泉の時と一緒である。

「精霊《せいれい》の守護」

「ユイ様の体力強化、温泉以外では雪遊びで決定ですねぇ～」

ルゥルゥーゥさんが、これまた薄手のケープを体に巻いて出てくる。

「雪遊び！」

私は新雪の上にぱたーんと、倒れた。

「ユイ様!?」

跡が綺麗《きれい》に残るように、隣りにいたアージット様に手を差し出した。

「何をしているんだ？　ユイ」

「人型！」

「ぷはっ、雪遊びで、まずそれか？」

私の手を引いて、起き上がらせながら、アージット様は笑った。

「ユイ様、まずはスノーマンとか作りません？」

私が倒れている間に、ミマチさんは雪玉を転がしだしていた。

「わぁ」

私も雪玉を作って、転がした。

土が交じらない、白い、なかなか上手《じょうず》に丸くできた雪玉を、ミマチさんの作った二回り大きな雪玉の隣りに並べた。

「ユイ様の雪玉を頭にしますねぇ」

二段の雪ダルマは、ミマチさんが顔を作ったのだけど、ちょっと未知の生物になっていた。

「……ミマチさん、一応、陸人族《りくじんぞく》なのよね？」

「陸人族、皆、芸術性があるわけでは、ないですからぁあっ！」

叫んだミマチさんは、涙目だった。

「ユイ様、顔作ってみます？　あ、これ、いつもじゃないですから、た、たまにはまともな顔、作れたりしたりしなかったり……」

福笑いに失敗したような前衛的な顔を消して、勧められて悩む。

いや、ミマチさんは私に見本のつもりで作ったのだろう雪ダルマの顔、普通に作って良いのだろうか？

「……」

ま、いっか。

私は雪玉を追加で作って、頭に二つ付けた。

小さな木の実を目として埋め込んで、顔の中心に雪玉を追加して、鼻にする。

「おお、くまさん」

それから、尻尾《しっぽ》もつけて、雪ウサギを横に添えた。

「あっれぇ？　スノーマンじゃなくて、くまさんが出来た？　しかし、かっわいいなぁ！」

感嘆《かんたん》の声をあげるミマチさんの横で、私は目を輝かせた。

雪ウサギ、作るの楽しぃな？

増産、増産。

「あれ？　ユイ様、雪ウサギ、どれだけ作るんです？　あれ？　聞こえてない？」

夢中になって、雪ウサギを増産して、庭の一角は、大量の雪ウサギに占拠されたのだった。

「せっかく、ユイが針仕事以外で楽しんだのだしな」

と、アージット様は簡易的なカマクラを作って、そこに雪ウサギを半数保護してくれた。

最初に作ったくまさんや雪ウサギが、やまない雪に埋もれかけていたからだろう。

「アージット様、ありがとう、ござい、ます」

「雪遊び、気に入ったか？」

私は勢いよく頷いた。


雪は沢山降り積もった。

アージット様が作ってくれたカマクラも埋まってしまったけれども、少しでも長く、雪ウサギを保ってくれようとした心使いが嬉《うれ》しかった。

◆

雪の中、アージットはいつになくはしゃいでいるユイの姿に、少しホッとした。

ユイは、外見は幼いが、精神はとても大人だ。

我《わ》が儘《まま》は言わないし、針仕事が生活の中心でストイックだ。

下手な所に捕まっていたら、針仕事しかしない、機械のような生活を送っていただろう。

「いや、ヌィール家が『そう』だったか」

もう少し、針仕事以外の楽しみを見つけても……ユイは堕落しないだろう。

無気力な妃《きさき》、嘆《なげ》いてばかりの妃、アージットだって、昔は恋愛事に夢を見ていた。

大切にできる相手が欲しかった。

まさか、精霊が見えるのに、精霊を大切にしない、愛さない人間がいるなんて、想像もしたことがなかった。

最後の最後で、アージットは心配なく、大切にできる相手を手に入れた。

ユイの職人気質に安心して、ユイの職人気質すぎる性格に、不安を抱く自分は、二人

の前王妃《おうひ》に相応《ふさわ》しい我が儘な人間なのかもしれない。

「私はユイに、貰《もら》いすぎているな」

シュネルの故郷の王子の話を聞いて、呆《あき》れ半分、心の奥底で……ユイが、最初の王妃と同じくらいに産まれていたら……自分も、その王子のように、疎まれてもユイを選び、針仕事の邪魔者として嫌われていたかもしれないと、ゾッとした。

「あぁああ」

力なくベッドに埋まってアージットは叫ぶ。

アージットはユイを保護するため、婚姻《こんいん》を申し込んだ。

ユイが恋する相手も、用意するつもりだった。

しかし、シュネルがユイに会いたいと言い、そしてひき会わせて、ユイがシュネルと、どこまでも職人仲間として仲良くなっていることに、二人の間に色恋が芽生えないことに、ほっとしてしまった。

アージットには分からない。

ユイが恋をすることを、恋愛不信者として受け入れられないのか？

心置きなく大切にできる相手を、誰かに譲りたくないだけの独占欲なのか？

しばらくの間、アージットはこっそり苦悩する。

そもそも、ユイに、色恋感情が生まれることなどないのだと、理解し安心するその日まで。

◆

雪ウサギはぴょんと飛び跳ねた。

深い深い雪の中に、潜り込んだりもする。

前世のお伽話《とぎばなし》のように、雪ダルマや雪ウサギの自分達が、動きだしたら面白いのにという、願いに、『世界が反応した』。

雪ウサギの一つは、祝福物《しゅくふくぶつ》で、この冬ウサギをはじめ、人の作った雪のくま、スノーマンもこっそり動きだす。

跳ねて遊んで、こっそり人のお手伝いもする。

雪掻《ゆきか》きしている人が、転びそうな時にそっと足元を支えたり。

雪に埋もれてしまいそうな人に、降り注いだ雪の固まりを全部自分達にして、飛び跳ねて去ったり。

製作者は気づかない。

自分が二つ目の祝福物を作り出してしまったことを。

これが手芸関係の物だったら、すぐに分かったのだけれども。

最初はまだ祝福物を知らない、分かるレベルのなかった頃に作ったミサンガ。

そして沢山作った雪ウサギの中の、一つ。


ちょっとした雪の聖獣《せいじゅう》となった雪ウサギが、元は祝福物であると発覚するのは、これより二五〇年後のことである。

ユイが針仕事によって、新たな精霊を作り出す前に、自分の蜘蛛《くも》を聖獣化させるより前に、祝福物として雪ウサギの一つに命を宿して、聖獣を作り出してしまったことを、今はまだ、誰も知らない。

特別書き下ろし
短編その二

人魚の一目惚れ

これは少し（？）未来の話。

メネスメトロの町に、松葉杖《まつばづえ》をついた一人の冒険者がやってきた。

中肉中背、髪色は黒に近い紺色。目も同じ色をしていた。容姿はごくごく平凡で、特徴と呼べるような特徴もない。

冒険者らしい風貌ではないせいか、彼は周りからよく「商人の弟子とかやっていそうだ」などと言われていた。

あくまで「商人の弟子」で、「商人」っぽいと言われないのは、騙《だま》されやすそうなお人好《ひとよ》しの雰囲気《ふんいき》を纏《まと》っているせいだろう。

その商人の弟子っぽい冒険者は名前をココノツといった。

貧乏な農家に次男として生まれて、しかもちょっと鈍くさい子供だったので、幼いころから家を継がせることはないといわれて育った。

特に問題だったのは、生まれ付き水の精霊《せいれい》が見えていたことだ。元々精霊の見える魔眼持ちは多くない上に、都会のように「見えるものがいる」ということもあまり知られていない。だから、水精霊の守護を得て精霊とばかり遊んでいるような子供だったココノツは、周囲から見れば変なことをするやつだ、と気味悪がられてもいた。

そんなわけで半ば捨てられるようにして一人立ちし、仕方なく冒険者になったのだった。

故郷を出てからも周囲になじめず、いろいろな国を転々としては声をかけてくれた冒険者達とパーティを組んで仕事をしてきた。

特に、前に立ち寄った国で組んでいた仲間達は皆いい人達だった。

チームのメンバーは、ココノツにとっては運の良いことに、大切な仲間として扱ってくれる人達だった。

だから、つい無理をしてしまった。リーダーの恋人の危機に体を張ってしまったのだ。

受けた傷は深く、特に片足はほとんど取れかけていて、自分はここで死ぬ運命なのだとココノツは思った。

だが仲間達は懸命にココノツに治療を施した。高い迷宮産の薬を使って命を繋《つな》ぎ止《と》め、ほとんど取れていた足をなんとか繋げてくれた。完治を目指して全員がそれぞれの伝手《つて》を探って高名な医者にも見せてくれた。

残念ながら、ココノツの足は完治することはないと診断されてしまったが。

ココノツは気落ちする仲間達に、冒険者を引退して第二の人生を歩むつもりだから心配はいらないと告げた。……が、仲間達は諦めなかった。

実際雰囲気の通りに騙されやすくお人好しなココノツはこのメンバーに出会うまで、何人かの冒険者にタダ同然の報酬で働かされそうになったこともあるし、質《たち》の悪い商人に騙されて奴隷《どれい》に落とされそうにもなった。

冒険者以外の技術や知識のないココノツが冒険者を引退して何ができるだろうか？

口では心配はいらないと言いつつ、ココノツ自身、頭を抱える問題だった。

ココノツはまだ一八歳。冒険者としては若すぎるうえに、どう見ても強そうには見えない容姿のせいでベテランどころか新人冒険者にすら舐《な》められやすい。

だから冒険者の技術を生かせて、ココノツのことを正しく評価してくれるような再就職先はなかなか見つからなかった。

それでも仲間達が諦めずに見つけてきてくれたのが、このメネスメトロだった。

温泉迷宮が有名な都市である。

町にある建物はほとんどが宿で、しかも温泉完備。静養半分で訪れる冒険者も多数。

そしてココノツはかなり高位の水精霊の守護持ち。迷宮の中は半分は水や温泉の水路が張り巡らされている。

松葉杖なしには歩けない状態でも、水中、水場ならココノツに敵なし！

第一、ココノツが怪我《けが》した場所が砂漠地帯じゃなかったら、そもそもピンチになっていなかった。

それに高価な迷宮産の薬が最上級以上の効果を発揮して命を繋ぎ止められたのは、ココノツを守護している水精霊のおかげだ。

それくらいすごい水精霊が守護していることを、ココノツも仲間達も知っている。

おまけに皆、ココノツと仲良く活動している内に、それぞれ大小水精霊の守護持ちになっていたので、「ここならまた一緒に活動できる！」と、盛り上がったのだ。


けれどココノツは今、この町に一人やってきた。

残念ながら一人分しか、旅費が残っていなかったのだ。

パーティの貯金はすべてココノツの治療費に消えてしまっていた。

仲間達は、水場だから大丈夫と自分に言い聞かせながらココノツと別れた。


ちなみに、ココノツを騙そうとしたり、害意を持って近づく者達、危害を加えた者達は、ことごとく水害にあったり、逆に干ばつなどに見舞われたりしていたことを、ココノツはもちろん、心配症な仲間達も知らない。

「やっと着いたぁ～」

強張った体で、他の人達の邪魔にならないように、頑張って馬車を降り松葉杖をついて移動したココノツは、春の季節の都市の美しさに目を細めた。

治療からここまでの旅費、当面の滞在費まで仲間の世話になったココノツは、早くて一年間、稼ぎながらこの都市に向かって移動するメンバー達のため、この都市で恩を返すためにも頑張ろうと気合いを入れた。

「さっそく、冒険者ギルドに……」

呟《つぶや》いて、不意の強風にココノツは目を閉じた。

「うわっぷっ、すごい風……そういえば、温泉だけじゃなくて、風迷宮でもあるんだっけ」

青空に、色々な色の花びらが舞い踊っていた。

「綺麗《きれい》な都市、と、いうか、綺麗な国だよなぁ～、水精霊も多いし」

ココノツは隣をゆったりと泳ぐ、男性体の人魚を見た。

三《み》つ叉《また》の槍《やり》を持ち、珊瑚《さんご》のような形をした、水晶と翡翠《ひすい》で出来たティアラを頭部右斜めにつけた美形の人魚は、この国に入ってからというもの、いつもの数倍は瑞々《みずみず》しく見える。

特別書き下ろし短編その二　人魚の一目惚れ

彼はココノツを守護する精霊だ。

虹色に輝く鱗《うろこ》に、小さな水精霊達が楽しそうに集まってキスの挨拶をして散って行くのが可愛《かわい》い。

再び強い風が吹いて、小さな水精霊達は楽しそうに飛んで行く。

何か、誰かにつかまっている様子だったので、ココノツには見えないけれど、風精霊かな？　と予想をつける。

花や植物系の精霊達も風精霊と遊んでいるのかな？　と、風が止んで降り注ぐ花びらを摘《つま》んで笑った。

「素敵な所だなぁ……ん？」

花びらにしては大きな物が落ちてきて、ココノツは咄嗟《とっさ》にそれを受け止めた。

「う、うわぁ」

貴族の令嬢が身に着けているとしか思えない、女性ものの立派な帽子《ぼうし》だった。顔を隠す薄絹もついているから、たぶん間違いない。

慌てて周りを見ると、路地から一人の女性が現れた。

「あ！」

現れた女性のメイド服姿に、きっとこの帽子の関係者だろうとココノツは予測して、

彼女に見えるように帽子を掲げた。

彼女は帽子を見て、ほっとした表情になって、それからようやく……ココノッツと目が合った。

その瞬間、馬車乗り場の広間はとても深い湖になった。

ドボンッと、落ちた感覚だった。

もちろん現実に湖になったりなんかしていない。けれどココノッツは確かに、深く深くどこかへと落ちた気がして、息ができなくなってしまったのだ。

女性の綺麗な穏やかそうな目が、ココノッツだけを映していたし、ココノッツにも距離はあるのに女性の目しか見えなかった。

頭の片隅にほんの少しだけ残った冷静な部分が、死にそうだった時よりも心臓がドキドキしているなあ……なんて考えている。

そしてココノッツが落ちた水中にぼんやりと、時々女性達が話していた恋話に出てきたある単語――『一目惚れ《ひとめぼ》』なる言葉が浮かび上がったのだった。

◆

特別書き下ろし短編その二　人魚の一目惚れ

ルゥルゥーゥは、人魚である。

人魚とは大抵海中にいるものだ。陸に上がってくるのは、発情期を迎えて男を探しに来るときだけ。

だから陸の上のことが知りたくて故郷を飛び出し、医学にはまって看護師になったルゥルゥーゥのような存在は珍しい。

とはいえ、どれだけ変わっているといっても本質は人魚だ。

人魚はその美しさで男を魅了して、子供を作る。

言い方は悪いが人魚にとって、男は種馬だ。一人良さそうな男を見つけると、一族でシェアすることもある。

男からすれば美人ばかりのハーレムのようだが、どこまでも人魚の方が——つまり女性の側が上位なのだ。

そもそも人魚がするのは子作りであって恋愛ではない。よほど運命的な出会いがなければ、恋焦がれて振り回されるのは、男の側だけ。

陸に上がったルゥルゥーゥにしてみても、恋愛に現《うつつ》を抜かす女性達を見ては「人魚の自分には分からないな」などと考えていたくらいだ。

だというのに。

ユイと共に散歩にでた際、風精霊に遊ばれてユイの帽子が飛んでいってしまった。

シュネルがいれば彼を守護する風の精霊王に恐れをなしてちょっかいなど出さないのに。

運が悪いと思いつつ、慌ててユイの帽子を追いかけて……受け止めてくれた若者と目が合った瞬間、ルゥルゥーゥは意識が飛んでいた。

基本恋をしない人魚が、恋に落ちた時……ほとんどの場合、一目惚れとなる。

そして人魚の本能なのか、一目惚れの相手を逃がすまいと、目に魔力が勝手に集まってしまう。

こんなのはダメと思いながらも本能が勝手に相手を魅了しようとして……相手が余裕で魅了の魔法を弾《はじ》き返《かえ》したことに安堵《あんど》した。

「名前、名前を、教えて下さい。私は、ルゥルゥーゥです」

気がつくと、彼の前で名前だけ名乗っていた。

けれど人魚の種族名のルルーは名乗らない。

だって、ルゥルゥーゥは彼を一人占《ひとりじ》めしたい。

男を貸し借りするような人魚族《にんぎょぞく》のルゥルゥーゥ・ルルーではなく、ただの恋するルゥルゥーゥとして、彼に自分のことを知ってもらいたい。

「ココノツ、です」

声が、ルゥルゥーゥを貫いた。

耳が熱くなって、脳みそが洗われるような心地よさに陥った。

人魚の本能が訴える……彼は選ぶ側だと。

たぶん全人魚が、彼を見て彼の声を聞いて恋に落ちるし、人魚達は頭を垂れて彼に選んでもらうのを待つことしかできない。

ルゥルゥーゥは、まだ名乗りあっただけなのに、恋が破れたかのように胸が苦しく涙が零《こぼ》れそうになる。


そこに、彼の上擦った叫び声が響いた。

「あの、ぼくと、結婚してくださいっ！」

「はいっ！　喜んでぇっ!!」

全ての過程をすっ飛ばしためちゃくちゃなプロポーズに、ルゥルゥーゥは人魚にあるまじき素っ頓狂な声で返事を叫んだ。

◆

一年後、メネスメトロに着いたココノツの仲間達は、松葉杖なしで歩けるほど回復した彼と再会、再びチームを組んで、その名をはせる冒険者となる。
冒険者活動をする前に、メンバー皆の弟的存在ココノツの結婚式が待っていたが。

しかし今は遠い空の向こう。ココノツを心配する仲間達は、彼が運命の出会いを果たし、交際すっ飛ばして求婚してしまったことも、相手が大喜びで了承したこともまだ知らない。

設定資料集

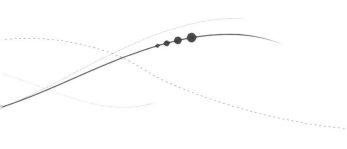

Collection of setting materials

ユイ

初期衣装

ロダンに引き取られてきたころなので
今よりも細い。

なるべく肌が出ないよう布多め。

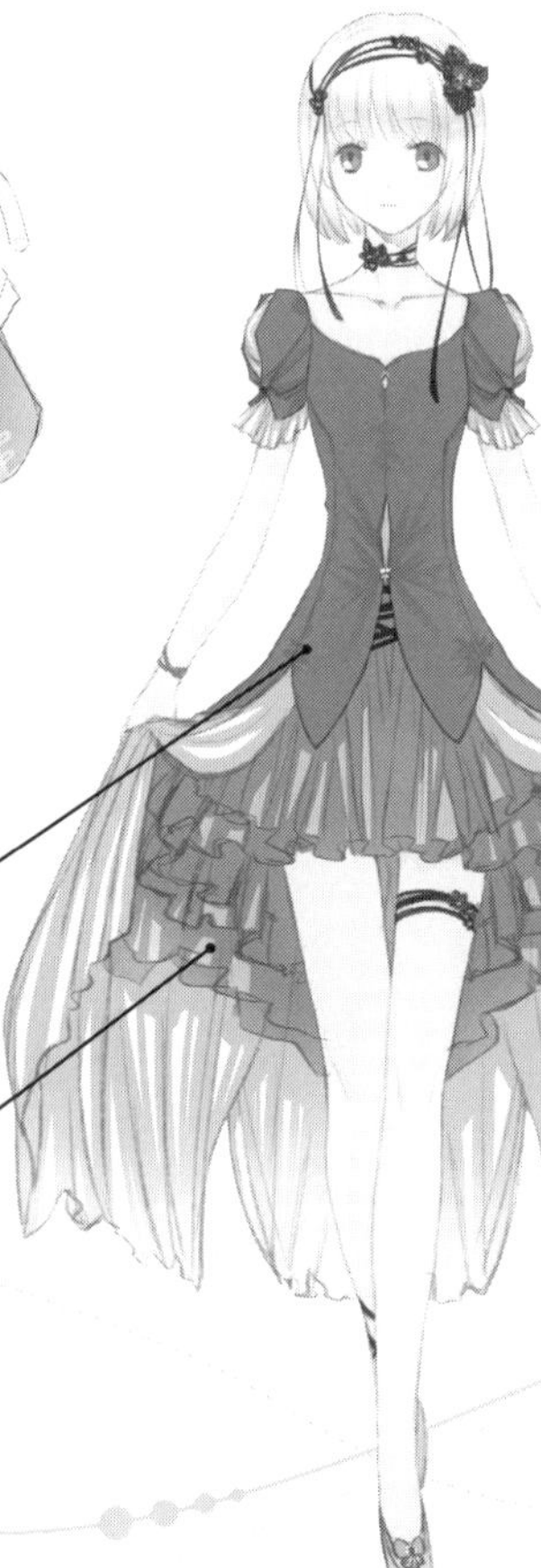

コルセットなしでも
ドレスにぴったり。

四〜五重のパニエで
ボリューム感を演出。

夜会服

Collection of setting materials

ユイの蜘蛛と守護精霊

蜘蛛

全身が長い毛で
覆われていて
モフモフ。
ユイの手のひらに
乗るサイズ。

闇精霊（紫王子）

王冠は精霊王の証。
糸を切ったり呪いを
祓ったりできるすごい剣。

樹木精霊

髪の内側に
透かし模様がある。

月水精霊

人魚の尻尾は
ドレスで隠れている。

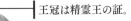

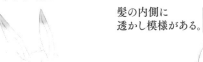

Collection of setting materials

アージット

初期衣装

前ヌィール家当主の作った
趣味の悪い服。

改良服

ユイが仕立て直した服。
スタイルの良さを活かしたシンプルな作り。

Collection of setting materials

ミマチ

パールの髪留めは
密かなオシャレ。

こんなクチさえしなければ
美人なのに……。

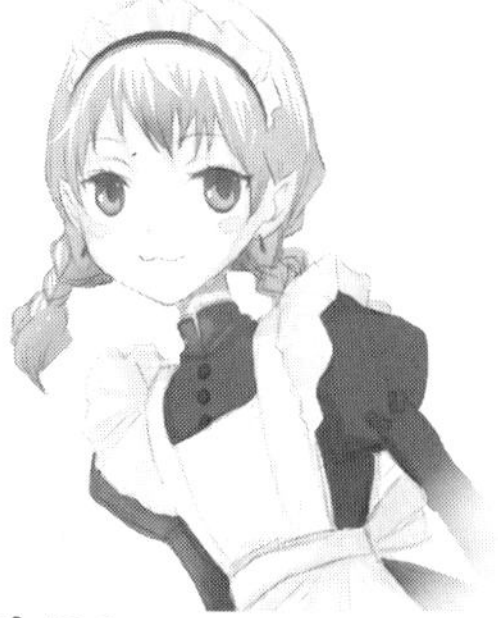

初期デザイン

三つ編みやストレートの案もありました。

Collection of setting materials

ロダン&エンデリア

ロダン

長い髪は後ろで少しまとめている。

泣く子も黙るメイド長は
超美形。

エンデリア

Collection of setting materials

ハーニァ&アムナート

あとがき

皆様、お久しぶりです。

一巻を刊行してから、はや数年。

筆の遅い作者、ゼロキです。

二巻を刊行するにあたって、担当者さんにはいっぱい苦労かけました。ごめんなさい！

そして、二巻をお待ちしてくださった読者様、本当にお待たせしました。ごめんなさい！

三巻も、更にお待たせしてしまうことでしょう。ごめんなさい！

さて、まず謝罪をして、次は『針子《はりこ》の乙女《おとめ》』コミカライズのお話です！　二巻を手にしてくださった読者様は、きっと知っていらっしゃるでしょうが、雪村《ゆきむら》ゆに様による漫画が連載中です！　可愛い！　面白い！　あれ、原作者私だっけ？　と、めっちゃ他人ごとのように楽しんでます。

漫画からきてくださった読者様もいらっしゃるでしょう。ありがとうございます！

あとがき

原作のユイ漫画よりも武骨《ぶこつ》ですよ～（笑）
小説のユイは、美少女の外見の中に昔ながらの専門特化職人気質のおやっさん魂ですから、注意してくださいね！　残念ながらユイに恋愛関係のほわほわな展開は訪れません！
漫画のユイ可愛いすぎて、注意を促《うなが》さないと！　と、謎の使命感に駆られている原作者です。

そして、竹岡美穂《たけおかみほ》様の素敵イラスト、めっちゃ可愛いですね、やっぱり確認するたびに萌え転がります。
精霊さん達や雪ウサギのフィギュア、ねんどろいど？　ぬいぐるみ、欲しい！　って、なります。

デビューしてから、色々なことがありました。色紙にサインもはじめてしました。
カタカナ三文字で、サイン……難しいですね、紙面がさびしかったので拙《つたな》いですがイラストを添えました。主要じゃない精霊さんです。小説家なのに（笑）
小説家なので、へたくそでも許されるでしょう。次、サイン書くことになったら雪ウ

サギ（大量生産品）添えて紙面をごまかすことにします。いや？　雪ウサギ難しいか？　上手に楕円《だえん》描く自信ないや。

それより、小説の続き書かなきゃ……続きは年単位かけてしまいますね、きっと、ごめんなさいいぃ（一巻のあとがきを見ながら）。が、頑張りますよ？

それでは皆様、二巻を手にしてくださって、本当にありがとうございました！

あと描き

　ご挨拶がおそくなりましたが、イラスト担当の竹岡美穂です。
親が洋裁を仕事にしていたせいか、針と糸の世界は馴染み深く、どちらかというと、
着る方より作る側の方に魅かれたりします。
「裁縫ファンタジーなのですが」と話を持ってきてくれた編集Sさんは、
そんなことは知らないはずなのですが、どうして依頼してくださったのだろうか…。
おかげでユイ達と知り合えたわけですが、今も謎です。

一巻が刊行されてから、２年ほど、
ゼロキさんの原稿をお待ちしつつ、
コミカライズが始まったこともありまして、

ひたすら裏であれやこれやの
デザインをおこしておりました。
「針子の乙女」キャラも衣装もすごく多いです！！

私も(おそらくゼロキさんも)
ぱぱっと作れる方ではないので、
次の巻がいつ頃になるのかわかりませんが、
ゆっくりお待ちいただけると幸いです。

mihotakeoka.

針子《はりこ》の乙女《おとめ》2

2021年4月30日　初版発行
2021年11月5日　再版発行

著　　者　ゼロキ
イラスト　竹岡美穂
発 行 者　青柳昌行
発　　行　株式会社KADOKAWA
〒102-8177 東京都千代田区富士見2-13-3
電話 0570-002-301（ナビダイヤル）

デザイン　AFTERGLOW
写植・製版　株式会社オノ・エーワン
印刷・製本　凸版印刷株式会社

[お問い合わせ]
[WEB]https://www.kadokawa.co.jp/ （「お問い合わせ」へお進みください）
※内容によっては、お答えできない場合があります。
※サポートは日本国内に限らせていただきます。
※Japanese text only

ISBN978-4-04-736564-3　C0093

魔法使いで引きこもり？
He is wizard, but social withdrawal?
Author 小鳥屋エム
Illust 戸部 淑
好評発売中!!!
重版、続々!!!
チート能力《スキル》を持て余した
少年とモフモフの
異世界のんびり
スローライフ!
女神により転生することになったお爺ちゃん。
望んだのは「健康な体」だけだったのに、
チート能力までも与えられてしまう！
転生後にその力を持て余していた少年は、
女神の「冒険者になって人生を楽しみなさい」
という助言により、冒険者として王都へ赴く。
様々な人々との出会いを通して、
彼の世界は広がっていく――。
enterbrain

KADOKAWA／エンターブレイン 刊

B6判単行本

KADOKAWA

辺境の地で生まれ育った少女クリスはある時、自身が【家つくりスキル】を宿していることを知る。さらに日本人・栗栖仁依菜としての記憶が蘇った彼女は一念発起して辺境の地を抜け出し、冒険者となることに。過酷な旅を経て迷宮都市ガレルにやって来たクリスは自分だけの家を作って一人暮らしを満喫しようとするも、他国の人間は永住することすらできないと役人にあしらわれてしまう。「だったら旅のできる家を作ろう!」と思い立った彼女は中古の馬車を改造して理想の家馬車を作り始めるのだが——。スキルに人生が左右される異世界で、ひたむきに生きる少女の物語が今始まる!

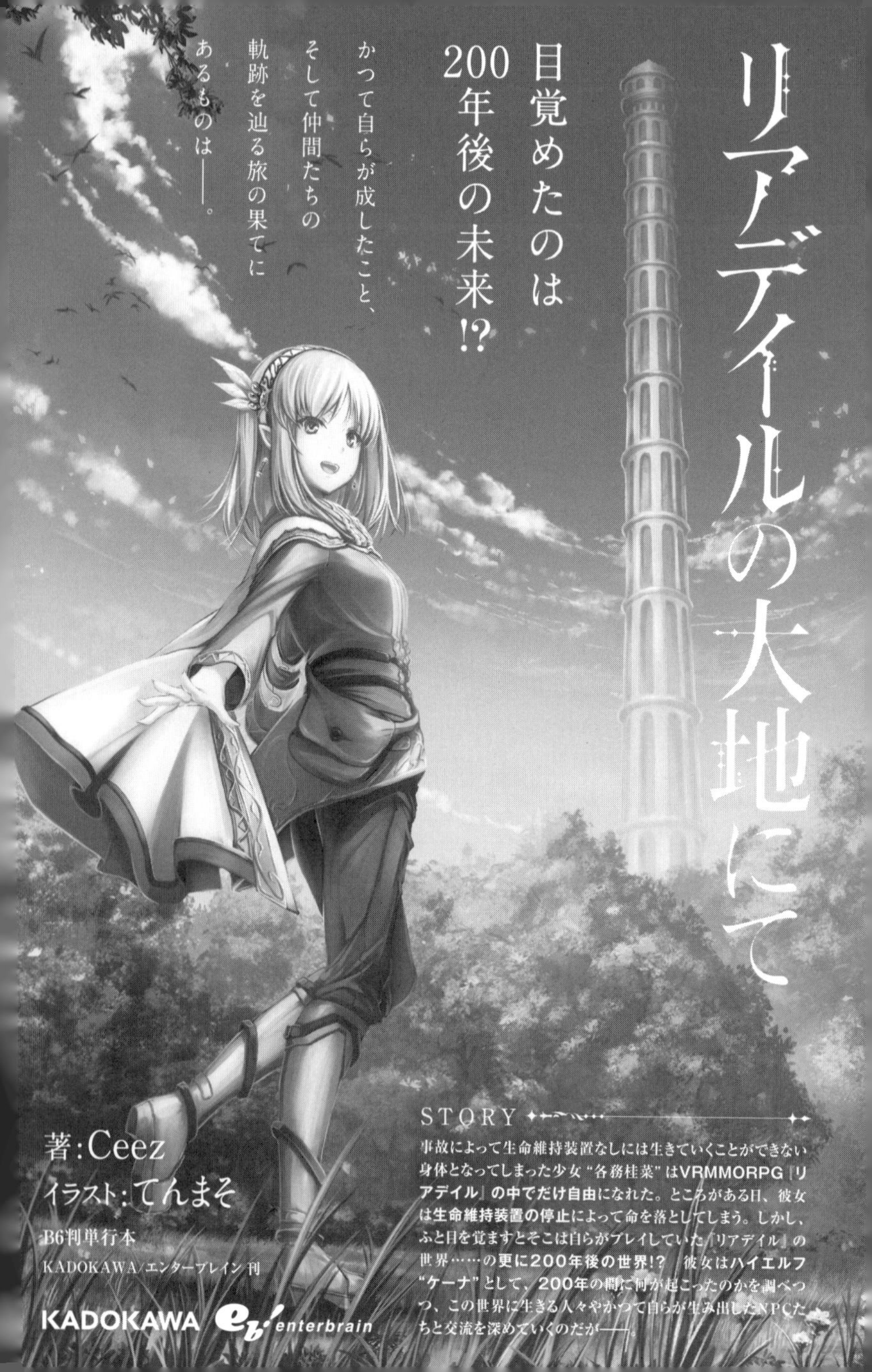
リアデイルの大地にて
目覚めたのは
200年後の未来!?
かつて自らが成したこと、
そして仲間たちの
軌跡を辿る旅の果てに
あるものは――。
STORY
事故によって生命維持装置なしには生きていくことができない身体となってしまった少女“各務桂菜”はVRMMORPG『リアデイル』の中でだけ自由になれた。ところがある日、彼女は生命維持装置の停止によって命を落としてしまう。しかし、ふと目を覚ますとそこは自らがプレイしていた『リアデイル』の世界……の更に200年後の世界!? 彼女はハイエルフ“ケーナ”として、200年の間に何が起こったのかを調べつつ、この世界に生きる人々やかつて自らが生み出したNPCたちと交流を深めていくのだが――。
著:Ceez
イラスト:てんまそ
B6判単行本
KADOKAWA/エンターブレイン 刊
KADOKAWA
eb! enterbrain

エステルドバロニア
著：百黒 雅 イラスト：sime
B6判単行本 KADOKAWA/エンターブレイン 刊
最強の魔物国家を統べるは人間の王！
非力な王の苦悩の物語が今始まる!!
STORY
VR戦略シミュレーション『アポカリスフェ』の頂点に君臨する男はある日、プレイ中に突如として激しい頭痛に襲われ、意識を失ってしまう。ふと男が目を覚ますと、そこはゲーム内で作り上げてきた魔物国家エステルドバロニアの王城であり、自らの姿は人間でありながら魔物の王である"カロン"そのものだった。このゲームに酷似した異世界で生きていくことを余儀なくされたカロン。彼は強力な魔物たちを従える立場にありながら、自身は非力なただの人間であるという事実に恐怖するが、気持ちを奮い立たせる間もなく国の緊急事態に対処することになり……!?
特別短編
『王の知らなかった彼女たち』収録！
KADOKAWA
enterbrain

KADOKAWA eb! enterbrain
ボクは再生数、ボクは死
I am the views and I am the death
石川博品
クレタ
著：石川博品
イラスト：クレタ
B6判単行本
KADOKAWA/エンターブレイン 刊
STORY
世界一の美少女になるため、俺は紙おむつを穿く——。
しがない会社員の狩野忍は世界最大のVR空間サブライム・スフィアで世界最高の
美少女シノちゃんとなった。VR世界で恋をした高級娼婦ツユソラに会うため、
多額の金銭を必要とするシノは会社の先輩である斉木みやびと共に
過激で残酷な動画配信を行うことで再生数と金を稼ぐことを画策する。
炎上を繰り返すことで再生数を増やし、まとまった金銭を手にしたシノは
ツユソラとの距離を縮めていくのだが、彼女を取り巻く陰謀に巻き込まれていき——!?

ボクは再生数
I am the views and
ボクは死
I am the death.
石川博品 最新作!
現実を凌駕するVRエロス&バイオレンス!!

都会と田舎！
理想の異世界生活!!
STORY
社畜である二重暮人はある日、
神的な存在によって異世界に転移させられてしまう。
いきなり異世界に放り出された暮人であったが、
授けられた空間魔法――転移を使った商売で
すぐに生活を安定させることに成功。
しかし、前世と変わらない仕事ばかりの
日常に徐々に不満を募らせていく。
そんな時、暮人が思いついたのは転移魔法を使った二拠点生活！
のんびりしたい時は田舎で釣りをしたり農業をしたりの自給自足。
飽きれば王都で仕事をしたり、友人と名店を巡ったり。
暮人の充実した二拠点生活の行く末は――？